文芸社セレクション

家族旅行

北乃 翠波

KITANO Minami

文芸社

＊

僕は今、迷っている。風で擦れる枝葉の音が、鳥たちの声と交わり合いながら、僕たちの息遣いをも凌ぐほどに、辺りで聞こえる音を占有し続けていた。

静寂を唐突に遮ったのは、歌声だった。

一人が歌い出して、さらに一人、二人と声を重ねてゆく。いつの間にやら、五人総ての声が重なり、樹々の声たちが隅に追いやられた頃、歌が終わって僕は、歩みを止めた。

「聞こえてこないか？」

「何が？」

「水の流れる音さ」

五人が揃って目を瞑ると、枝葉や鳥たちの声に隠れるように、何か別の音が、絶えることなく顔を覗かせていた。

「光が濃くなってきた」

「夕方かしら」

「影も濃くなっているよね」

再び足を動かし始め、歩を進めてゆくにつれ、遠かったはずの水音は、確かに近づいているようだった。

「川辺に出られたら、テントを張ろう」

「お腹空いた」

「いるかな、魚」

「茸はあるけどね」

流れる川の音が頼もしく思えたのは、僕にとって生まれて初めてかもしれない。他の四人も同じように感じているならば、幸先の良い出足だと言い得そうだ。

「光と闇が共にあることは、ありがたいことなのかもしれないな」

「どういうこと？」

「太陽の高さも、光が射す方向も。闇があるから想像できるものではないか、とね」

「闇がなくたって、光はあるんじゃない？」

「光がなくても、闇はあるし」

「確かに。光と闇、どちらも別個に在り得るだろうけど。確かに今、僕らの前に光と闇が共にあり続けてくれている。当たり前のこととして、今までは深く考えてこなかった」

「解るような、解らないような」

「同じかな、私も」

「風とか水だって、きっとそうだよね」

「きっと、まだ沢山あるんだろうな」

「何が？」

「地図を見るだけでは、味わうことの出来ない感覚、かな」

「何だか、難しそうだな」

「いつかきっと、解る時が来るわよ」

「開けてきたぞ」

　行く先の視界を満たしていた樹々が減るにつれ、とってかわるように、流れる川の音は大きくなっていった。小川ほどとさえ聞こえていた流れは、とても泳いで渡ることなど出来ないような広く元気な川だった。

　渡るには、覚悟が必要そうだ。大きく世界を隔て、一度渡りきった後で易々と引き返すことなど出来そうもない。

　僕は、啼く鳥の在り処を探して、近い幹を眺め歩いた。立ち止まり見上げていると、後ろから声を掛けられた。

「どうしたの？」

「ふくよかな膨らみを、優しく撫でたら。滑らかで気持ち良いだろうと思ってね」

「何言ってるのよ」

「何ってほら、かわいいだろ？」

　見上げる先を指さして、僕は妻の裕奈にキセキレイの姿を示した。

「もう」

「かわいいな」

はにかみ頬を赤らめる裕奈は、隣に子どもらを連れ立って、幹を静かに見上げていた。

僕らは手分けして、川で魚を釣り、枯れ枝を集め火を焚いた。道すがら摘んでおいた茸もまた、棒きれを刺して、火にかける支度を進めていった。

「今日歩いていて、ふと思ったんだ」

「何を？」

「僕の人生は、僕以外の誰かがいて初めて、僕という物語になり得るものなんだ、って」

「どういうこと？」

「世界は、物語に満ちているんだ。人が二人でもいれば、人生は物語になる」

「私も、鈴葉も。私の知らない誰かも、自分の人生が、物語ということ？」

「総ての人が、さ。人だけではないのかもしれないけど。兆すら優に超える物語の総てを知るというのは、実にファウスト的で。メフィストフェレスは、実在しないからね」

「果てしない話ね」

「つまらないというのは、限りある人生にとって、限の無い欲に歯止めをかける篩、叡智の結晶なのかもしれないな」

「高尚な話ね」

「そうかな。鈴葉はさ、つまらないという言葉について延々と聞かされて。何を想う？」

「えっ？」

「率直に今、感じていることを聴きたいな」

僕が尋ねると、鈴葉は考え込んでいるような素振りをしてみせた。

「きっと僕が鈴葉なら、つまらないって思うかな。つまらないとは何かなんて。少なくとも僕が子どもの頃に、考えたことはないし」

「よく解らない、かな」

「解らない話って、つまらないものだよね。圭は、どう？」

「まあ、ぶっちゃけ。つまらない、かな」

「だろうね。普通だよ、それがさ」

僕が微笑んで見せると、鈴葉も笑った。申し訳なさそうな笑みだった。

「焼けてきたかな、そろそろ」

僕は、焼べた魚たちを炎から引き抜き、細い棒きれで裂いてみた。透き通った汁が滲み溢れて、滴り落ちてくる。

「美味しそう」

「すごく脂がのっているわね」

焼けた物から食べ進め、満腹とまでいかないまでも、そこそこ十分には食べられた、といったところか。夜も深まり、皆が寝静まった頃。僕は時折、枯れ枝を炎に焼べ、星空へと吸い寄せられるような感覚で身震いしながら、一人悦に浸っていた。

突然、鈴葉が起き出して、立ち上がり歩いていった。戻ってきた鈴葉は僕の隣に座り、話し掛けてきた。

「さっきの話だけどさ」

「つまらない話？」

「物語の話。僕の人生も、物語になるの？」

「僕は、そう思うけどね」

「僕の物語って、どんなかな」

　訊ねてくる鈴葉の表情は、微笑んでいるようだった。真剣な問いだと、僕は感じた。

「興味深く、丁寧に扱いたい物語だと。少なくとも僕は思う、かな」

「悲劇とか喜劇とか、よく言うよね」

「どう見るかは、見る人によるから。端から名付ける意味なんて、無いだろうけどね」

「僕の人生って、悲劇的だと思う？」

「鈴葉は、まだまだ先が長いから。どんな物語にだってなり得ると思うな」

「過去を変えることは、出来ないよね」

「未来は、変えられるだろう？」

「過去と未来は、繋がっているしさ」

「事実は変えられないけど。見え方は、今をどう生きるかで、変えられるんだ」

「見え方」

「過去と未来は、今を抜きに繋がらない。今をどう生きるかこそ大切だと、僕は思うよ」

「今を、どう生きるか」

「とりあえず今は、早く眠ると良い」

鈴葉の肩を優しく叩き、僕は微笑んで見せた。鈴葉は、おやすみと言って、眠っていた寝袋へと戻って行った。

鳥たちの囀る声で、僕は目覚めた。風に揺らめいていたはずの炎は消えて、煤の上で細い煙が頼りなく揺らめき躍っていた。

僕は立ち上がり、体を大きく伸ばした。大きく息を吸い込めば、樹々や虫たちと同じ空気を共有しているのだという実感が、たちまち体じゅうを駆け抜けてゆく。

川の流れに逆らい眼で辿れば、たちどころに迷いなど消え失せてゆきそうな蒼穹に抱かれながら鬱蒼と繁る大森林が、開けていたはずの平原や世界を仕切る大河までも飲み込んだかと思えば、雑魚寝する人々が連なって膝を立てているような山脈が、地平の辺りで威容を誇示しているようだった。

「おはよう」

突然後ろから声をかけてきたのは、娘の麻奈だった。僕がおはようと返すと、麻奈は大きく体を伸ばしてから訊ねてきた。

「この川、渡れるの？」

「渡れるだろうけど、今ではないよ」

「どうして？」

「大海辿れば濫源まで、というね」

「誰かの名言？」

「そんなところさ」

「さいげん、って何？」

「歩いていれば、いずれ解るよ」

「歩くんだね」

「まだ、始まったばかりだからね」

「そうなんだ」

僕は今、迷っている。麻奈が垣間見せた反応に僕の想像力は、大きく揺り動かされているようだった。旅はまだ、冒険と呼べるほどの深みに辿り着いていない。探険の導入といったところなのだ。

「おはよう」

次いで起き出してきたのは、鈴葉だった。

「海まで流れるのかな、この川」

「どうだろうね」

「お父さんも、初めてなの？」

「初めてさ、川を渡るのはね」

「そうなんだ」

鈴葉と麻奈は、僕に憮然と眼差しを向けてきていた。大河も、辿ればいつか源へ行き着くものだと、僕は知っている。知らない彼らにとって今は、僕が感じているよりずっと、冒険に近しい旅を歩いているのだろう。渡りきって得られるであろう何かも、僕とはまた異なっているに違いない。

過去と未来は、今を抜きに繋がらない。僕が歩んだのと違う道を、彼ら彼女らは歩むことになる。僕と彼ら彼女らとでは、同じ景色を同じく見られるものだろうか。

長きに亘り温め続けてきた思考実験を、僕は実践している。想定した結論が旅を通して実現するか、定かではない。

僕にとって今は、必然に必然を重ね歩いて辿り着いた、とある一地点なのだ。少なくとも僕にとって、彼ら彼女らが、今を隣で歩いてくれる必然であることに、違いはない。

彼らもまた、少なからず期待してくれているならばと、使命感らしき感覚が強まっているのを、はっきり僕は自覚していた。

僕は今、迷っている。迷いながらも僕は、今の僕にとって前へと進む道を、選び進み続ける。川はまだ、源の姿を見せてくれない。

＊

僕は今、迷っている。歩き始めて数時間。雲一つない青空の最も高い場所で一人、太陽が気を吐いている。木陰に腰を下ろし休息を取っている間、僕は川面で揺らめく煌めきを見つめ続けていた。いつも垣根無しに、美しい風景が美しいとは、限らないらしかった。

「大丈夫か？」

「ごめんね」

裕奈のおでこに乗せていた、冷たさをすっかり失いつつあったタオルを攫い取って、僕は川へと歩いた。熱気が、重たく纏わりついてくる。タオルと共に手を挿し入れた川の流れが、恨めしさをいくらかは浚ってくれた。

木陰へ戻り、裕奈のおでこに濡れたタオルを再びあてがうと、滲み出た水が目尻を伝い流れ、頬から滴り落ちて行った。

「まだまだ、これからなのに」

「大丈夫さ」

「涼しくなるよね？」

「太陽は、必ず沈むものだからね」

「明日も暑いのかな」

「休み休み行けば良い。まだまだ、これからなんだ。紋切り型の旅を歩いてはいないし」

子どもたちが、心配そうに裕奈を見つめている。裕奈の頬に伝う水を、僕は指で拭った。

「先を急ぐ必要なんて、無いんだからね」

「ありがとう」

裕奈が微笑むと、子どもらの表情にも幾らか安堵が浮かんだようだった。

僕は、釣竿を握りしめ、再び川に歩いた。餌を掛けた針が、長細い糸から垂れて川面へ沈んでいったのを見届けてから、川の水をろ過蒸留する装置に流し込んだ。

裕奈たちの休む木陰を見遣ると、鈴葉がいないようだった。圭と麻奈は、裕奈と何やら話をしていた。

僕は、川の流れに絶え間なく揺り動かされている垂れた糸を眺め続けていた。手ですくったまま飲んでしまいたくなるほど、川の水は澄みきっている。泳ぐ魚も、さぞ心地好いことだろう。彼らのうち幾匹かは遠からず、僕らが糧とすることになる。

垂れた糸が強く引かれる都度、おそるおそる竿を揚げる。大小合わせた今日の釣果は、十数匹といったところか。

生きてゆくことは、絶え間なく、重ね続ける罪について想い馳せることなのだろう。

釣れた魚たちと竿を抱えて、僕は木陰へと戻った。枝を集めに向かおうとした時、鈴葉が戻ってきた。

「茸、結構採れたよ」

「豊作だね」

広げられた茸たちに笑顔を送る麻奈を見つめる鈴葉は、満足気な表情だった。

「枝を集めて、仕分けながら刺していくか」

「うん」

僕と鈴葉が再び立ち上がった後、圭も立ち上がり、僕についてきた。

「五十くらいあれば、足りると思う」

「わかった」

茸で腹を下さずに済むのは、かつて下した誰某の苦礎あってこそだ。僕らに感謝される未来を想って、誰某が苦しんだのではないだろうけれど。それでも僕は、誰某の苦しみを想わずにいられないまま、鈴葉が掻き集めた茸たちを仕分けてゆく。食べることのできない茸を炎へと投げ入れるたび、申し訳ない心地が募ってゆく。鈴葉もきっと、無念な心地を募らせているだろうと、思えて已まない。

一人気を吐いていた太陽が、ようやく幾らか鳴りを潜め始めた頃。腹拵えを済ませた僕らは、再び源を目指し歩き始めた。

裕奈の調子が戻ったことで、子どもたちの士気も上がったようだった。

「風が心地好くなってきたわね」

「そうだね」

「ごめんね、遅くなってしまって」

「大丈夫だよ」

「勉強にもなったしね。食べられない茸、結構あるんだ、ってさ」

「覚えきれるか、自信ないけど」

「お父さんは、どうやって覚えたの？」

「本を読んだり。何回か、失敗したこともあるかな。とても苦しかったよ」

「そうなんだ」

「焦らなくても良いさ」

「まあ、そうだよね」

　裕奈を挟む饒舌な二人を尻目に、圭は一人黙々と歩き続けている。

「何はともあれ。かけがえのないひと時を彩るに相応しい、生い茂る緑と、澄み渡る青い大河。見上げれば、絹のように滑らかだったり、明朗な陰影に引き立てられていたりと、表情豊かな雲が、青空を泳いでいる。五人でこうして今、歩いていることこそ、かけがえのないひと時なのだと、思わせてくれる」

　僕は、言い終えて自らを鼻で笑いあしらった。皆と同じく立ち止まった圭は、表情乏しく、静かに空を見上げている。

「どうだ、圭。何を感じ、考えている？」

「きれいだと思うよ、確かに」

　圭の表情は、依然として乏しかった。僕は息を深く吸い込み、空に吐き上げた。

「僕の冒険も、僕らの旅も。圭がいてくれるおかげで、物語になる。僕の記憶や、僕らの思い出だって。皆がいるからこそ、記録されることに価値を見出せるんだ。同じ道を歩いたとしても、五人それぞれの中には、違った物語が綴られてゆくのだろうしね」

　僕が語る間、圭の眼差しは空に向けられ続けていたようだった。雲が今もなお、川の流れに身を任せるように漂っている。

「教科書では、学べない学びもあるのさ」

僕に肩を撫でられた圭は、小さく頷いた。

しばらく歩いて行くと、周りと色の違う地面が遠く連なっていることに気付いた。僕の中で何かが、確かに萎んでゆく。僕は両頬を自ら叩き、遠い山脈を真っ直ぐ見据えた。

川の流れは、幅を狭めるにつれ速さを増してゆくもののようだった。僕らは、開けた草叢に野営を張ることにした。

一通り支度を終え、五人で炎を囲んでいる時。僕は揺らめく炎の奥底に語りかけた。

「かつて珍しかった事件でさえ、今やありふれた日常へと馴染んでしまっているだろう。物語に満ち溢れた世界に今、僕らは生きている。僕らの旅が特別な冒険で、唯一無二の物語であると実感するには、難しい時代だとも思えてならない。だからこそ僕らは、深い森を越え、世界を跨ぐ大河を渉り、神々の住まう山嶺を目指し歩き続けてきたわけで。今、僕らが、跨界川の畔でテントを張っていることを知る人は、僕ら五人を置いて他にいない。知る術も無いだろう。電波など届きようのない場所だし、僕らが通信機器を持ち合わせていないわけだから。野獣に襲われたとして、助けを呼ぶ手立ても無い。僕らは今、冒険をしているんだ。神の住まう山嶺の頂を目指した人が、今に至るまで幾人いたかを、僕は知らない。少なくとも僕らは皆、跨界川を初めて渡ろうとしている。僕らにとって今歩く旅は、正真正銘の冒険であると言える。五人で歩く唯一無二の冒険になることを、僕は切に願っているんだよ」

言い終えて僕は、立ち上がり、テントへと歩いた。頬を伝う涙を親指で拭い捨て、一冊の本を鞄から取り出し、座っていた丸太へと戻り、再び腰を下ろした。

夜月に照らされた裕奈の顔色は、春山を流れる雪解け水のようだった。どうしようもなく僕は、奥底から滲み出てくる涙を、留め置くことが出来なかった。

「お父さん、どうして泣いているの？」

訊ねてきたのは、麻奈だった。僕は涙を拭いながら、笑顔を浮かべて見せた。

「昔を思い出してしまってね。僕はね、裕奈に三度、ふられたんだよ」

「ちょっと、いきなり何言い出すのよ」

困ったような笑みを浮かべて、裕奈は俯いてしまった。

「麻奈も圭も、健やかに生きている。鈴葉だって、ここにいるんだ。君がこうして今、僕と一緒に歩いてくれているからこそ、伝えておきたいと思ったんだ。我ながら、好い頃合いだと感じているんだけどね」

僕が微笑んで見せると、裕奈はまた俯いてしまったけれど、麻奈が身を乗り出した。

「お父さん、かなり頑張ったんだね」

「まあ、そうだね」

「よく諦めなかったね」

「我ながら、ね」

「何で？」

「よく覚えているよ。三度とも、理由は明快でありきたりさ。要するに、重かったんだ」

「重い？」

「僕は、裕奈と出会う前。物理的に重たかったからね。まずは、そこからさ」

「太っていたの？」

「率直に言うとね。僕は、減量に成功して、改めて告白をしたんだ」

「でも、ふられたの？」

「いや。僕は、裕奈と付き合い始めた。三年くらい付き合って、ふられたんだ」

「何で？」

「僕の想いが、重いからだった」

「ここで、駄洒落？」

「圭、茶化すなよ」

鈴葉に制されて、圭は面白くなさそうに不貞腐れていた。麻奈は構わず、僕を見つめ続けている。

「好きになったのは、僕だからね。どうしたって、想いは偏ってしまうものだから。時間をかけて、釣り合いが取れれば良い。そのために僕はと、躍起だったように思う」

我が子らに何を話しているのだろうと、居た堪れなかった。圭はともかく、麻奈と鈴葉が、興味を持って聴いてくれているようだった。

「裕奈より先に、僕の想いが膨らむから。係数が等しい一次関数と二次関数なら、時を跨ぐたび必然的に、差は開いてゆくんだ」

「そういうものなのか」

「それで、想いが重いって？」

　順当に行けば中学二年生として学校に通っているはずの麻奈は今、僕と裕奈の馴れ初め話に、深く聴き入ってくれている。

「僕は僕の想いを、圧し付けるつもりなんて無かったけれど。僕の想いが裕奈に、重い荷物を背負わせてしまっていたんだ」

　圭や鈴葉だけでなく、麻奈もまた、首を傾げていた。

「三回目残っているし。今、一緒だよね？」

「三回目もね、結局。僕が重かったんだよ」

「でも、今一緒だよね」

「そうさ。だからこそ、唯一無二なんだ」

　最初に大きな欠伸をしたのは、圭だった。

「さて、寝ることにしようか」

　立ち上がってすぐ僕は、腰を上げようとした裕奈の手を預かり取った。

「お母さん、大丈夫？」

　ふらつく裕奈を案じたのは、麻奈だった。

「大丈夫、ちょっと疲れちゃったみたいね」と、裕奈は力なく微笑んだ。

テントに入り皆が寝入るまで、そう時間はかからなかった。

翌朝、静かに僕はテントを抜け出した。

勿体つけて青空を背の後ろで隠すように、足の速い真っ白な霞が陽射しを遮っている。

太陽は太陽で負けじと、樹々や霞の隙間を縫うように、光を滲ませている。

引き返す道など、もとより考えてもいないけれど、幅の狭まった川を見ていると、急に名残惜しさが涌いてきた。どうやら僕は今、迷っているらしい。広がる世界へと散り消えてゆく雲霧よろしく、渡り終えて望む雲海は、晴らしてくれるのだろうか。

「お父さん」

突然かけられた声の主は、圭だった。

「おはよう、早いな」

「お父さんほどじゃないけど」

隣に立った圭は、霞の向こうで流れる川を真っ直ぐ見据えているようだった。

「眠れないのかい？」

「父さん、起きているようだったしさ」

僕は、後ろを振り返った。他の三人が起きてくる気配は、まだ無いようだった。

「話したいことが、あるようだね」

「どうして、僕たちは旅を？」

元々細い目を目一杯広げて、圭は僕へと視線を移していた。かつて、一度対峙したことのある表情だ。

「記憶は新たな記憶を、記録に介され紡ぐと言ってね。経験は、記憶の蒲公英なんだよ」

　圭は、眉を寄せながら、首を傾げた。

「同じ道を歩いても、僕と圭では見える世界が違うだろうし。鈴葉も麻奈も、裕奈もね。何を美しいと感じるかも、美しいという言葉が何を意味するかも、違うものだろうし。でも、だからこそ。同じ道を五人で歩こうと、裕奈と話し合って決めたんだ。付き合わせてしまって申し訳ないとも思うけど。いつか来る、今日を偲ぶ未来のためにも。同じ旅路を五人で歩き、味わいたいと僕は思うんだ」

　僕が話している間、向こう岸の姿は、霞が流れて晒されたかと思えば、いつの間にやら再び覆い隠されてしまっていた。

「学校とか色々、良いのかな」

「わからない。右か左か、絶えず選びながら歩き続ける一本道が、人生だからね」

「わからないのに？」

「わかっているのは、かけがえのない記憶として、この旅が僕ら五人に、間違いなく刻まれるということかな」

「わからないな。学校に行くべき道を投げ出してまで、僕らは何のため、歩くのかな」

「その答えは、今僕にも解らない。ただ、歩くと決めたんだ。歩くと決めた先で、何を感じ考え、得るかが大切だと、僕は思う」

眉を寄せ俯く圭の肩に、僕は手を乗せた。

「圭は、真剣に考えてくれているんだね」

圭の頭が、小さく縦に揺れた。僕は、圭の肩に乗せた手を頭に移した。

「ありがとう。それで良いんだ。いつか、共に語ろう。旅の思い出を」

僕は、涼しげな水気を帯びた空気を深く吸い込んで、空へと吐き出した。

テントから誰かが這い出してくる音が聞こえてきて、僕は後ろを振り返った。

顔を出した裕奈は、はっきりとした眼差しで僕の顔を見つめて首を傾げていた。僕が一度大きく頷いて見せると、裕奈は目を瞑り微笑んで、テントの中へと身を戻していった。

釣竿を取りに、僕もテントへと戻った。

「おはよう」

「おはよう」

「圭、大丈夫よね」

「大丈夫さ」

「ごめんね」

「大丈夫さ」

「ありがとう」

竿を取り、僕は川辺へと歩いた。鈴葉と麻奈はまだ、眠っているようだった。

夫と父親とは、必ずしも同じく僕を形容し得る言葉でないのだろう。良き夫でありたいと下した決断が、父親としての僕を傲慢に見せているとするならば。

僕は、川の流れに揺らめきながら垂れ続ける糸を見つめた。

はたして僕らは、何匹の魚たちを糧に、明日を目指し今日を歩くのだろうか。

はたして僕らは、あと何歩何時間の間、共に歩き続けることが出来るのだろうか。

はたして僕らは、あとどれくらいの業を重ねながら、通り過ぎて行った数多の命に想いを巡らせ続けることが出来るのだろうか。

鳥たちの囀る声が、朝霧の間隙を縫って溢れ出始めた。鈴葉や麻奈も、起き出てきた。

僕は今、迷っている。

＊

僕は今、迷っている。雨は、僕らの足をどれほど捕らえ続けるのだろう。風までもが、張り直したテントを、けたたましい轟音と共に強く波打たせている。知らぬうちに、随分と標高を上げてきた証なのかもしれない。

大地を彩る七色の架け橋に顕れを期待しながら僕は、紙魚たちの寝床で寛ぐ言葉を漁り続けていた。

「暇だね」

揺れる壁を見つめながら、鈴葉は言った。

「体を休ませなさいって、恵みの雨かもしれないわね」

「そうね」と、麻奈も続いた。

「本を読むには、うってつけだよ」

圭は、寝転がりながら黙って本を読んでいる。鈴葉は、立ち上がって、天窓から外を眺めだした。少しの間立ち尽くしていた。

「しばらく、やみそうにも無いね」

「何もすることが無いって、歩くより大変なことなのかもしれない」

麻奈は、寝転がり天井を見つめていた。僕は、読んでいる本に指を挟み、一旦閉じた。

「何をせずともさ、僕らは、考えることが出来るだろう。歩くことも出来ず、することもない今だからこそ、物思いに耽ることは出来る。ただ静かに、雨音を聴きながらね」

「お父さん、何か本を貸してよ」

「いいよ」

僕は、カバンから数冊の本を取り出し、麻奈の近くに広げた。

「好きな本を選ぶと良い」

麻奈は、体を起こして、骨牌の札を探すようにまじまじと品定めを始めた。

「難しそうな本ばかりだね」

「読むまでは、どれも同じようなものさ。きっかけになれば、十分だからね」

麻奈は、一冊の本を手に取った。

「これ、借りるね」

「うん」

残りの六冊を、僕は鞄へと差し戻した。

「お父さんは、雨を見越していたの？」

圭が、真っ直ぐ見つめ訊ねてきた。

「半分くらい、かな。本を読んでから眠るのが、僕にとって日課のようなものだからね」

「そうなんだ」

「山の天気は変わりやすいと云うし。長く歩いていれば、雨だって降るだろうからね」

「僕にも貸してよ」

「ああ、良いよ」

再び取り出され、目の前に広げられた六冊から、鈴葉は一冊を摑み上げた。

「時間は、沢山あるようだしね」

残された五冊を三たび鞄へと差し戻して、鈴葉も本を開き読み始めているのを確かめてから、僕は、栞代わりにしていた指で本を開き、視線と意識を再び本の世界へと移した。

テントに打ち付けていた音が止んだと気づいて僕は、急ぎ本を閉じ外へと這い出た。

期待よりも大きな虹の親子が、向こう岸で悠然と待ち構えている森林と山嶺を跨ぎ、涙を拭い駆け出したような青空に佇んでいた。

「皆、出ておいでよ」

間もなく四人は、這い出てくるや否や感嘆の声を滲ませていた。

「ダブルレインボーなんて、私初めて」

「僕もだよ」

「ダブルレインボー、って云うの？」

「そうよ。貴方は？」

「実際に見るのは、僕も初めてだよ」

「じゃあ、皆初めてなのね」

子らを眺めた後で僕に向けた双眸を瞑る裕奈の表情も、僕は初めて見るであろう、至福と言い得そうな微笑みだった。

「連鎖する幸福の予兆、らしいよ」

「そうなんだ」

「ロマンティックな話だね」

「時を止めてしまいたいくらいね」

微笑む裕奈の頬には、涙が伝っていた。

「そうだね」

僕は、裕奈を抱き寄せ、肩を撫でた。

「どうしたの、お母さん」

「ごめんね。あまりに美し過ぎて」

「そんなに感動したんだ」

「僕も裕奈も、嬉しいのさ。言葉にしてしまうのが、もったいないというくらいにね」

「私も何だか、泣けてきちゃった」

麻奈も微笑みながら、眦を拭った。

「僕も、一緒に見られて良かった」

「確かに、綺麗だけどさ。皆、大袈裟だよ」

圭が一人、少し冷めているような笑みを浮かべていることすらも、やがて消えゆく彼らと同じように、きっと僕は思い出すだろう。

僕は今、迷っている。迷いこそすれ、きっと後悔も彼らと同じだ。僕らは、また歩く。歩き歩いて、親子が彩った緑の先にある、僕らしか味わうことの出来ない何かを目指す。

僕が意に決した覚悟は、僕だけの秘めたる宝ではないと、僕は改めて甚く実感した。

野営を撤収して、僕らは歩き始めた。川幅は、随分と細くなってきているようだった。

「お父さん」

荒ぐ吐息と共に、麻奈が話しかけてきた。

「ん？」

「ずっと、訊きたかったんだけどさ」

「何だい？」

「どうして、鈴を付けているの？」

「鈴はね、熊除けなんだよ」

僕は、後ろで歩く麻奈に向いて伝えた。

「熊がいるの？」

「解らない。自然の一部ではあるけれどね」

「見てみたいな」

隣で歩く鈴葉は、しみじみと言った。僕は立ち止まり、鞄から鉈を取り出して見せた。

四人も続いて、歩みを止めた。

「こんな鉈一振りでは到底、太刀打ち出来ないくらい、怖ろしい力の持ち主なんだよ」

「でも、生きているじゃん、僕ら」

「人間が、自分や愛する者を守るべく戦うのと同じように。子どもを守る母性とか、得体の知れない何かに対する恐怖は、熊にだってあるらしい。根は臆病だと云うから、刺激に対して尚更敏感なのかもしれないね」

鉈を鞄にしまい、僕は再び元進んでいた方向へ歩き始めた。

「もしも、出会ったらどうするの？」

「害がないということを表現するしかないかな。決して、背を向けて走って逃げてはいけないよ。獲物だと思われてしまうからね」

「怖くなってきたよ」

四人の表情が沈みがちになって、僕は穏やかな笑顔を繕って見せた。

「まあ、大丈夫さ。怖がり焦れば、かえって彼らを刺激するだろうし。今まで多くの山に登ってきたけど。僕は、一度も遭遇したことがない。僕らがいると知らせながら歩けば、彼らだって近寄ってはこないはずさ。だからこその、鈴なんだよ」

「そういうものなのかな」

「総てが未知の赤ん坊と、多くを見知った仙人とでは、知り及ぶ範囲の外側に対し何を感じるか違うだろうけれど。熊も人も、安全でありたい一心なのだろうね」

子どもたち三人は、靄のかかったような表情を浮かべながら歩いていた。

僕は今、迷っている。僕が話したことで芽生えた恐怖は、はたして今必要だったたか。

少なくとも僕にとって、おそらく裕奈にとっても、いつか伝えておきたいことであったから、必然とは言えよう。

出遭うことも、怖れを抱くことも、知ることすらも無かったとして。怖れながらもなお歩き続ける僕や裕奈と、頂に立って味わう景色は、少なからず違っているはずなのだ。

子どもたちにとって必要だったかどうかを断じて決める秤は、僕の中にない。

今か未来か、いずれにせよ、彼ら一人一人の中でしかありえない。

にもかかわらず話した僕は、少なからず傲慢なのだろうか。僕の独り善がりが、少なからず、彼らにとって好ましい何かを生んでくれたならと、ただただ願うばかりだ。

「どうしたの、お父さん？」

不意に後ろから声を掛けられ、僕は空を見上げてから、身を翻し立ち止まった。

「考え事をちょっと、ね」

「何か、怖かったよ」

鈴葉の表情は、超常現象でも目の当たりにしているようだった。僕は、笑って見せた。

「好い日が続くようにと、願っていたのさ」

「怖い顔だったけどね」

鈴葉は笑い、圭は何食わぬ顔をしていた。裕奈は穏やかな表情で、会話を見守っているようだった。僕と眼が重なり見せた表情は、摘んで間もない白桃のようだった。後ろを歩いていた麻奈が、どうして違和感を覚えられたのか、僕は不思議でならなかった。

僕らは、また歩き出した。しばらく歩けばきっと、せせらぎに変わるだろうと思えるほど川が狭まっていた辺りで、僕らはまたも立ち止まった。僕が足を止めたのは、道行く先に小動物の姿を見たからだった。

「兎かな」

「耳が大きいもんね」

「そのようだね」

「かわいいね」

「そうだね」

兎は、僕らに気が付いていないのか、足元の草を食み続けているようだった。僕は、鞄から鉈を取り出し、足音を忍ばせながら数歩前に進んだ。兎はまだ、腹を満たすことに勤しみ続けているようだった。

僕は鉈を高らかに掲げ、呼吸を止めた。お父さんと、麻奈の呟くような声が聞こえた。

鉈が刃物で、空気も命も刈り取るものなのだと、僕は自らの手と眼で確かめることとなり、同時にまた、一つの罪を重ねた。

歩み立ち止まった先で、僕は鉈を引き抜いて、川へと歩いた。鉈の身を挿し入れると、川面に溶け込んだ朱が流れ去り、僕の視界から消えていった。

「貴方」

裕奈が後ろから、声を掛けてきた。

「僕らは、罪と共に命を繋いでいるんだ。草を食む兎を、僕らが食べることによってね」

「うん」

「可愛らしい小動物の典型、なんだよね」

「生きてゆく限り、罪を重ねることに変わりはないでしょう?」

「まあ、そうなんだけどね」

「罪を知らず目を背けて、無かったことにして生き続ける道より。突きつけられた罪と現実について、考え悩みながら生き続ける道の方が。私は貴方と、子どもたちと、共に歩みたいと思う。貴方だけじゃない。私だって、望んで選んだ道なんだからね」

「裕奈。君は、本当に」

そう言って僕は、口を噤んだ。川に差し入れた鉈を洗っているうちは、川へと滴り落ちた雫が川の水と共に流れ去ってゆこうとも、悟られはしないだろう。

「晴れ渡る青空だけが、空ではないの。雨も虹も、星や月、太陽も。どんな形や色の雲だってね。皆あって、一つの空なんだなって」

頷いて僕は、鉈を川から引き抜き、鞄へとしまい立ち上がった。

「僕らも自然の、地球の一部だと。重ね続ける罪や業も、過去も今も、未来も含めて、僕は僕で、君は君で。僕らは、五人で僕らなんだと。身を以て確かめ刻み込むために、僕らは今を歩いているんだよね」

「そうね」

僕は、空を見上げた。彩り豊かな樹々と陰影鮮やかな白雲との狭間で、鳥たちが縦横無尽に飛び交っている。

「頑張ろう」

「そうだね。頑張ろう」

裕奈の肩を抱いて、僕は一度深く呼吸をした。僕は、三人が待つ兎の許へと歩いた。

涙する麻奈の小刻みに揺れる肩を、鈴葉が擦りながら慰めていた。圭は、静かに兎の亡骸を見下ろし、眺めているようだった。

僕は、兎だった躯を摑み、再び川へと歩いた。三人もまた、後をついてきた。

川の水に躯をさらしながら、僕は再び鉈を振るった。後ろから聞こえていた麻奈の嗚咽が、いくらか大きくなったようだった。

兎の躯は、僕に捌かれ肉塊へと変わっていった。捌き終えた頃には、麻奈の涙も流れるのをやめたようだった。

「僕らは、生きてゆかなければならない」

「かわいそう」

麻奈や鈴葉の眼差しには、あからさまな抗議の色が滲んでいた。

「僕らの命は、数え切れないほどの命によって支えられているんだ。僕らが今まで食べてきた、茸や魚たち、卵や果物だって、兎と同じように生きていたんだよ。僕らが生きてゆくにはね、どうしようもなく、何か命を殺さなければならないんだ」

「でも」

何か言おうとして麻奈が、口を噤んだようだった。鈴葉も、俯き何かを考えているように、僕には見えた。

「総ての物は、元を辿れば命に帰り着く。僕らは命を戴くことで、自然と繋がるんだ」

肉を刺した棒きれを、地面へと突き立て、僕は枝葉の拾い集めに右往左往した。鈴葉と麻奈は、静かに立ち尽くしたままだった。裕奈が寄り添い、二人の肩を擦っていた。

圭が手伝ってくれたおかげで、焚き火の支度は案外早く済ますことができた。

「ありがとう」

「いや」

石へ腰を下ろし、僕は火をつけた。定着したのを確かめて、僕は棒きれを炎の中へと挿し入れた。焚き火を囲うように、他の四人も石に腰を下ろした。

「かわいそうだと感じる心は、そのまま大切にして欲しい。だけどね、それだけではないんだということも、覚えておかなければならないんだ。罪と責任を重ねることなしに生き続けることなど、出来やしないんだからね」

「罪と、責任？」

「命を奪う罪と、自らの命を全うする責任だよ。僕らは奪うことで命を永らえる。命を粗末にすることは、奪った命への冒瀆なんだ」

揺らめく炎を見つめながら、僕は出来得る限りの真剣な表情で語った。

時折吹く微風と、揺れ擦れる葉々と、鳥や虫たちの鳴く声と、川のせせらぎ。

濁りの無い音に包まれる至福を想い偲び、酔い痴れている自分を暫し堪能した後、意を決して僕は、沈黙を破った。

「法律や道徳だとか、社会にたくさん決まりごとがあることは、知っているよね」

三人は、静かに頷いた。

「社会の中で学ぶ決まりの多くは、社会を守るための約束事であって。社会の中にいなければ、意味を為さないものとも言える」

「郷に入っては郷に従え、って言うよね」

「鈴葉、凄いじゃない」

裕奈が、遠慮がちな声と共に目を見開き見つめると、鈴葉は照れたように笑い俯いた。

「鈴葉が言う通り。アフリカの地でアフリカ人を、日本の法律は裁くことなど出来ない。日本人がアフリカで暮らそうとするなら、アフリカの習わしを学ぶ必要がある。でもね、命を繋ぐ罪と責任は、生きとし生けるもの総てに課せられた約束事なんだ。僕らが何を想おうが構うことなどなく、連綿として繰り返されてきた、摂理と呼ばれるものなんだよ」

　僕は、炎の中から棒きれを引き抜いて、肉の焼け具合を確かめた。

「かわいそうだと、思ってはいけないの？」

　鋭い麻奈の眼差しを、僕は彼女が生まれてから初めて見たかもしれない。

「僕だって、かわいそうだとは思うんだ。僕らが想い考え為すこととは別の次元で、ただかくあるのみ、ということも確かに存在するから。どちらが正しいか、重いか等という有り体な秤で量ることは、到底出来やしない次元の話なのさ」

　鈴葉は眉を顰め、首を傾げていた。

「何か、難しいよ」

「要するに。かわいそうだけど。それでも僕らは、兎を食べる。と、いうことさ」

　僕は、口で肉を棒から引き抜き、そのまま流し入れ嚙み締めた。圭と裕奈も同じく、棒きれを炎から引き抜き食べ始めた。少し間を置いて、涙を拭った麻奈が、炎から棒きれを引き抜いたのを見届け、鈴葉も引き抜いた。

　こうして僕らは、一羽の兎を共有した。

　川幅が狭まるにつれ、辺りの視界もまた、樹々に遮られ狭まっていった。いよいよ渡渉かと、僕は確かな予感を抱きながら歩き続けた。川面から姿を露頭した幾つかの岩が連なって、うまく渉れそうなポイントを見出し、僕は立ち止まった。

「ここから、渉ることが出来そうだね」

「何か、怖いな」

呟いたのは鈴葉だったけれど、他の二人も同じだろうと思える表情を浮かべていた。

「とりあえず、今日はここで野営しようか」

「結構まだ、時間があるわよ?」

「水辺がこの先にもあるかどうか、解らないし。備えておきたいからね」

僕は、鞄から水をろ過蒸留する装置を取り出して見せた後、テントの設営に取り掛かり始めた。鈴葉と圭が手伝ってくれる間、裕奈と麻奈は、手頃な石を見つけてきては並べ、腰を下ろしていた。

「裕奈。麻奈と一緒に、水浴びでもしてきたら良いんじゃないかな」

「そうだよ。僕らも後で浴びるから」

裕奈の表情は、申し訳なさげだった。

「でも」

「連日、服を洗うことすら出来ていないし」

「川の水は、冷たいだろうけどね」

「せっかくだし。行こうよ、お母さん」

麻奈は、駄々をこねるように裕奈の腕へと縋った。裕奈は、困ったように微笑んだ。

「それじゃあ、甘えようかしら」

「そうすると良い。僕らはまだ、設営と焚き火の枝探しで、時間がかかるから」

「ね、行こ行こ」

麻奈に腕を引かれて、裕奈も苦笑いしながら川へと歩いた。

僕らはテントの設営に勤しんだ後、裕奈たちが並べてくれた石へと腰を下ろした。

「二人には、話しておきたいことがある」

僕は、真剣な表情で二人を見つめた。

「どうしたの？」

「川を渉った後の道で、何が待ち受けているか。どんなことがあるか。今までもそうだったけれど、僕も解らないことばかりなんだ」

「そうだね」

「僕らは、男だからね。いざという時には、二人を守ってやらなければならないんだ」

「うん」

「改まらなくても、大丈夫だよ」

僕は、鞄から二丁の銃を取り出した。

「今まで、迷っていたけれど。二人には渡しておくことにするよ」

「え？」

「なた、って言うんだっけ？」

「僕一人で手に負えないような状況があるといけないだろう。二人を男と見込んで、渡すことにしたんだよ」

二人が鉈を見つめる表情は、硬く強張っていた。僕は、一度大きく頷いて見せた。

「武器は、凶器になる。確かで正しい判断を下すためには、物事を冷静に俯瞰できる力が必要なんだ。僕らは今、習うより慣れるべき場所を歩いている。川を渉る前の今が、渡すには良い頃合いだと思ったんだ」

二人は、お互いを見合ってから、手に取った鉈を真っ直ぐ見つめ下ろしていた。

「このことは、僕らだけの秘密にしておきたい。余計な心配を二人にかけたくないと思うからね。万が一の時を除いて、決して鞄から取り出さないと、約束をしてくれるかな」

僕は、二人を真っ直ぐ見つめて問うた。二人ともが、口を横一文字に締め、静かに頷いて見せてくれた。僕も、頷いて見せた。

「ありがとう。そろそろ、二人が戻ってくる頃だろう。鞄にしまったら、このことも一旦心の隅にしまっておくと良い」

僕は、立ち上がり鞄をテントにしまいに行った。二人も、いそいそと鞄へと鉈をしまい込んで、テントへと鞄を差し入れた。

「枝葉を集めに行こうか」

僕らは散り散りに、枯れた枝葉を集めに向かった。精彩の禿げ落ちた葉々が絨毯のように敷き詰められた広がりで、色褪せつつも未だ緑の残る枯れかけの葉を一枚拾い上げ、僕は天を仰いだ。

褪せた緑の趣を想えるのは、いずれ新たに芽吹く若葉の滾る生命が明日を躍らせると、僕が既に解っているからかもしれない。老い朽ちた葉の姿に、美しく人々を魅せていたであろう新緑であった頃を想い偲んだ。

絶え間なく脈々と紡がれ続けてきたであろう緑の輪廻転生を、僕は今、掌中に収めているのだ。かつて既に広く知られている山の頂に独り立った時と似た感覚が、再び湧き出ていた。自分より先に入林届を開いた人の名は記されておらず、誰とすれ違うことも無く頂に立った。下る道すがら、幾つかのパーティと交錯するたびに、今までの登山で味わったことの無い感覚が湧き出ているのを自覚しながら、未だかつてないほど下る足取りが軽く感じられたことは、十数年経った今でもなお克明に思い出すことが出来るらしかった。

子は親の鑑とも、子どもは親の想像を優に超えるとも云う。

はたして、僕の想像が遠く及ばなくなる日は、いつか来るだろうか。

＊

僕は今、迷っている。箱の中の風船は大きく膨らんで、今や隙間なく箱の中を四角く埋め尽くしている。風船の外に出るには、もはや箱を出るより他なく、途端にきっと窒息してしまう。箱無しに生きてゆくことのできない僕は、風船の中で約束された安寧に守られながらも、風船や箱の外を見てみようと、今を歩いているのだ。と豪語してみても、風船の中を歩いていることに変わりないわけで、僕は結局、見て見ぬふりして、自由なつもりで歩いているだけなのだとも内心解っているのだ。はたして何の意味があるかと問われたならば、その数すら、今の僕は明瞭に答えることが出来ない。僕は今、その答えを探して歩いているのかもしれない。

　殿として鈴葉が川を渉り終えたのを見届けて僕は、膨らませた風船と近くの枝とを、たこ糸で括りつけた。いつ入れたかも、入れた理由も思い出せないような風船だった。

「何をしているの？」と、麻奈が訊ねた。

「目印だよ。帰りに道を見失わない為のね」

　僕は、目の前で揺らめく風船を指で何度か突き弾いた。僕に突かれるたび彼は、独特な声を発しながら揺らめいた。支柱に括りつけられたリードの先で、飼い主に尾を振り餌をねだる犬たちを思い出した。恥ずかしげもなく涎を滴らせながら舌を垂らす彼らの前を横切るたびに、空虚が押し迫ってきたものだった。

「風船なんて、少し大仰な名前だよね」

　僕は今一度、風船を強く突いた。首を横に振り、自ら頬を叩いてから、駆け出すように再び歩き始めた。

　雨で水量が増し流れも速くなっている川の轟音を聴きながら歩いていた時に僕は、ふと足元を転がっていた弓なりの木片に眼が留まり、腰を折って拾い上げた。深く艶めく孔雀石色に塗りたくられたような木片は、裏を返して見たところ、欠けたる一部に翡翠のような異なる彩りが宛がわれているようだった。

「どうしたの？」

後ろから覗き込んできた裕奈に、僕は木片を差し出した。子らも順に、手に取って眺めてから、僕の手元に還ってきた。

「貴方って、本当に緑色が好きね」

「どうしてか、どうしようもなく、惹かれるんだよね。緑が好きでなくても、この緑は美しいんじゃないかな」

木片を興味深げに見つめ続けていたのは、鈴葉だった。

「よく見る幹の色とは、違うよね」

「茶色って感じだもんね」

麻奈が、鈴葉に次いで言った。

「木の種類によって、色は違うようだけど、こんなに緑が深く艶めいているのは、水に濡れていることも関わりあるだろうね」

表に裏にと入れ替えながら眺めているうち僕は、一つの疑問が脳裡に浮かんだ。

「水に濡れて、色が深まり艶めくのは、どうしてなのだろう」

「確かに、紙も濡れれば黒くなるわね」

僕だけでなく皆が考え立ち止まっているうちに、木片は陽光を浴びて水気が抜けていっているようだった。深い孔雀石色だったはずの樹皮は、翠玉ないし天河石のような淡い緑色へと遷り変わり、艶も鳴りを潜めていた。

「自然だからこそ神秘的に感じることも、不思議でならないんだよ」

「かけら一つに、凄いね。お父さん」

「凄くなんか。今僕らの歩いている自然が、未知に溢れているというだけのことだよ」

「そうなの?」

「一度歩いただけでは、総てを知ることなど出来やしないくらいにね」

「だからこそ、歩いているのよね」

「そうだね」

乾いた木片を鞄にしまい込んで、僕らは再び歩き出した。

青空を泳ぐ白雲の速い流れは、温泉のような熱気が内から湧き出している体に心地好い風を贈ってくれているようだった。

「今じゃなきゃ、駄目だったのかな」

歩きながら僕の後ろから圭が、おそらく僕に訊ねてきた。

「きっと、今こうして歩いていることについてを、言っているんだよね」

「夏休みとかさ。学校に影響のない形で、出来ない事だったのかなって」

「確かに。社会一般的な道から外れた選択の上を歩いていることは、間違いないね」

「別に、嫌ってわけではなくてさ。学校に行きたいわけでもないけど。行かなければならないってことは、解るつもりだからさ」

「社会的にどうかより、僕らにとって必要な時間を過ごしたかったんだ。幸い三人とも、まだ義務教育だからね」

「とは言ってもさ。高校に行くなら、必要な授業を受けないことになるだろうし」

「授業の遅れは、いくらだって取り戻すことが出来る。けれど、今こうして五人で歩く時間は、かけがえのないものだから。考えに考えたからこその、今なんだよ」

　圭の低い唸りは、釈然としていない感情を滲み出しているように、僕は感じた。

「人生は一本道だと云うけどね。曲がりくねろうが直線であろうが、一本道にかわりないのならさ。人とは違う道を歩きたいと、ずっと想ってきたんだ。当たり前が違うのなら、同じ景色も違って見えるだろうし。人とは違う感性を以て世界を見ることが出来れば、つまらないものも面白く見えるかもしれない。少なくとも僕はね、社会にとっての当たり前ばかりを、三人に圧し付けたくない。結果として、功を奏すか、仇となるか。三人揃って同じかどうかも解らないしね」

「大丈夫よ。道は、一本なのだから」

　僕は、裕奈の声に月夜の漣を連想した。

「嫌ってわけじゃないしさ、別に」

　圭の居た堪れないような声を聞いて僕は、深く息を落とした。

「選ばなかった道への迷いや未練は、常に隣で囁くもののようでね。僕らの歩む道は、絶え間無く分岐が続いているからさ。話してくれたことにこそ、大きな意味があるんだよ」

見上げた空を泳ぐ白雲は、相変わらず足が速かった。声に出していない二人も、少なからず似たような疑問を抱いているだろう。

「明確で解り易い答えをすぐに見出すことの出来ない時間を、僕らは歩いているんだよ」

下り勾配の岩場を歩いていると、突然強い風が吹き抜けた。思わずよろめきそうになって、僕は踏ん張り持ち堪えた。甲高く小さな悲鳴が聞こえて、僕は後ろを振り返った。裕奈が尻餅をついて転んでいた。僕は急ぎ駆け寄り、手を取り抱き上げた。

「大丈夫かい？」

「うん。ああ、びっくりした」

微笑む裕奈を見て、僕は鼻から息を抜き落として、再び歩き始めた。

「まあ、いずれ解るさ。僕らが今道を歩く中で感じ覚えた、迷いや問いの答えはね」

「いずれって？」

「止まない雨は無い、と云うように。何時か解らないけれど、確かに何時かは来るさ。答えが一つとも限らないだろうし」

「何だか、禅問答や頓智みたいね」

ふふっと、裕奈が微笑んだようだった。

岩場を越えて、僕らは平坦な下り道に入った。数刻前に眺めていた光景の中を僕らは今歩き、同じ時歩いていたはずの場所を光景として眺めている。僕らが目指す山嶺の頂に立つことが出来たなら、同じような感慨に僕は浸るのだろうか。

「お父さんは、昔から山が好きだったの？」

　麻奈が、訊ねてきた。

「仕事を始めてから、だったかな」

「どうして、山に登ろうと思ったの？」

「美しい手付かずの緑を写真に収めたくて、色々出歩いていたところに、減量しようと思い立った流れでね。登山は、両方を同時に満たしてくれるだろうと考えたのさ」

「すごく、合理的な発想ね」

「だからね。君のおかげだと思うのさ、裕奈」

「何だか、こそばゆいな」

　下り勾配だった道が、いつの間にか上り坂へと移ろう中、僕は歩く先を川から離して、樹々の隙間を縫うように進んでいった。いつまでも川に沿って歩けば、山ではなく海へと下り着いてしまうであろうからだった。

「人に溢れる仕事だった分、休日は人を離れたかった、というのもあるけれどね」

「でも、よく連れて行ってくれたよね」

「慣らしておきたかったんだよ」

「慣らすって、何に？」

「山を登ることにも、美しい風景を美しいと感じることにも、かな」

「何か、うまく踊らされている感じ？」

目を丸く開いた鈴葉は、あからさまに取り繕ったような苦い微笑みを浮かべていた。

「純然たる英才教育に浸されるよりは、良いと思うよ。いずれにせよ、子どもは親に踊らされながら育つものだからね」

「親が悪者のような響きね」

「踊らされると云う、言葉の響きのせいさ」

「子は親の鑑って、いうよね」

「親が踊れば、子も踊る。子を翔かせたければ、先んじて親が翔いて示すべきなのさ」

「聞いたことが無い言葉ね」

「僕の内で温めていた言葉だからね」

「なるほど」

他愛も無い話をしているうちに、すっかり勾配はきつくなり、背の高い樹々に視界が狭められていた。進む先の空は鈍色で重苦しそうだった。吹き荒ぶ風の鳴く声は、新たな命に肉体を譲り渡した古の鳥たちの魂が歌っているのかもしれない。獲物をめがけて急降下する鷹のような風が吹き抜け、過ぎ去っていった。降り始めた雨が頬に触れて、激しさを増したり長引いたりと、降る雨の質を間髪容れず見定める術など、僕は持ち合わせていなかった。霧雨と呼ばれそうな雨がしばらく続いて、野営を張ることにした。雨が降りさえしなければ、まだまだ歩くことの出来た時間を、テントの中で過ごすことにした。

　五人がそれぞれ荷物を下ろし、一息ついた頃、先に腰を下ろし俯いていた裕奈に眼を遣って、僕は隣で寄り添うように座った。鞄から取り出したタオルを裕奈の頭に被せて、頬に指を這わせた。

「今僕は、君の頬に触れている。子どもたちが僕らを見守っている。少なくとも僕は、僕ら五人の中で間違いなく生きているのだと実感している。僕らが幻影だとしたら、僕が今感じている涙の冷たさ、君の肌の温もりも、幻影だということになるだろうけれど。何が幻影であるかどうか、僕は確かに証明することなど出来やしない。たとえ幻影であったとしても、僕は今、君の頬に触れている。涙を拭いながら、君が今何かを感じて、涙を流しているのだろうと、想像しているんだ」

　僕は語りながら、裕奈の髪を撫でた。

「ごめんなさい。いつも、気を遣わせてしまって。何だか、あまりに幸せで」

　涙で艶めく頬に笑窪を湛えて、裕奈は穏やかにはにかんだ。

「二人って、本当に仲が好いよね」

　麻奈が言うと、圭が続けて言った。

「子どもの前で堂々と、凄いと思うよ」

「いがみ合う姿を見せるよりは、余程良いんじゃないかな。子どもの前だからこそ、恥じらっては礼に失すると思うしね」

「君たちこそ、僕らの想いが結実した究極の証だからさ。圭も麻奈も、鈴葉もね」

「僕も？」

「目の前で大切な人が泣いているのを放っておくような僕を、裕奈や君たちは、信じてくれやしないだろう。何より僕自身が、信じたいとは想わないからね」

「別に、好き嫌いとか関係なく、誰かが泣いていれば、気にはなるけどな」

麻奈が言うと、圭や鈴葉も静かに頷いた。

「気になったから必ずしも誰もが行動するとは、限らないものなんだよ。余計なお世話という場合も、時にはあるだろうし。何はともあれ、とりわけ大切にしたいと強く想ったからこそ、僕らは結婚したんだよ」

「よく解らないけど。仲が良いのは、よく解った気がするな」

「我が親ながら、恥ずかしいくらいにね」

麻奈と圭が目を見開き微笑んでいる脇で、鈴葉は俯き、一点を見つめ続けていた。

「鈴葉、何か気になることでも？」

僕が問いかけると、鈴葉は顔を上げて、取り繕った笑みを浮かべた。

「家族なんだな、って思って」

「そうだね」

麻奈が頷いた。裕奈は立ち上がり、鈴葉の隣に座り直し微笑みながら肩を撫でた。

「早く山頂に立ちたいわね。家族五人で」

　圭は両腕を頭の後ろで組み寝そべった。

「それにしてもさ。今まで歩いてきた山は、一日もかからないで登って帰ることが出来たのに。凄く時間がかかっているよね」

「真っ直ぐ登れる道とか、無いのかな」

「あればあったで、面白くなさそうだけど」

「僕は、楽しいけどね」

「楽しいかどうかで言えば、決してつまらなくはないけどさ。気にはなるんだよ」

「圭の言うことも、解らなくはないけど」

　子どもらは言葉を幾らか交わした後、静かになって、やがて眠りへと落ちていった。

　僕は、鳴りやまぬ風の呻くような声を聴きながら寝そべり天井を見つめていた。

「貴方、起きてる?」

「うん」

　隣で横になっていた裕奈が、耳元で囁くように訊ねてきた。僕は体を向け直し、裕奈の首の下へと腕を這うようにして挿し入れ、対岸の肩へと抱えるように宛がった。

「子どもたちの話だけど」

「さっきの?」

「早く山頂を目指そうと思ったら、道はまだ選べるのよね、きっと」

裕奈の表情は、決して明るくないように見えた。僕は、肩に当てていた手で後ろ髪を撫でながら、微笑んでみせた。

「未知なる道を歩く先に既知たる基地を築くことこそ、旅の醍醐味だと僕は思うな。他の誰かが歩いた道を歩いたところでさ。辿り着きたい標の一つだとしても、山頂に立つことだけが総てではないだろうし」

「私もね、早く山頂が見たいって思うのよ。みんな一緒に見られたら、どれほど素敵だろう、って。でも、見るからに大変そうよね」

道なき道を歩いていれば、いつか立ち塞がるであろう悩みに、僕らは今直面しているようだった。想定していた時と直面している時とで見え方が違っているのは、山を見るのが遠景か近景か、あるいは、立ち見える景色が麓か頂かで違うのと似ているかもしれない。

「焦らなくてもいい。今僕らが歩いて見るものの総ては、流れる時の中で、決して今しか見ることの出来ない唯一の何かであって。山頂で見る景色が、川岸で見た虹に勝る何かを与えてくれるとは、限らないのだからね」

「貴方」

「今を大切にしよう。未来に焦ると、今を見失ってしまうものだからね」

僕は、裕奈に顔を近づけた。仄かな塩気と共に、柔らかな温もりに包まれた後、僕らは静かにテントを這い出て、未だ風の鳴く闇に包まれた森へと歩いた。

僕らの小さな声を、鳥たちの魂は優しく掻き消し続けてくれていた。雲間から時折姿を覗かせる星々は、静かに瞬いていた。

　場違いな熱気がしばし冷めやらぬ中、僕らはテントへと再び這い潜った。微睡へと沈みゆく時間は、さほどかからなかった。

＊

　僕は今、迷っている。心は波打つもので、固く誓ったといえど、揺らぐことが往々にしてあるものなのかもしれない。

　太陽の光は、確かに射し込んでいなかったけれど、目に見えて顔色が芳しくなければ、心配になるのも至極当然な話で。

　頂を目指し、辿り着けなかったとしても、終わるまで歩き続けたい。切なる願いなのだと感じさせられたのは、歩き始める前のことだった。ただ一つの行動を、ただ一つの理由によって為し、ただ一つの結果ばかり実るというのは、稀なことかもしれない。

　僕が今歩いているのは、ただ僕が歩きたかったからというだけでもない。歩いた先で見られる景色や、感じ味わうことの出来る何かだって、一つかどうかすら解らない。だからこそ歩いているのだろうと、僕は想うことが出来るわけだけれど。

　迷いながら歩き続けて、引き返そうにも引き返し難い距離を歩き続けてきた。

　僕らは、既に川を渉り終えたのだ。

麓よりも頂の方が歩いて近い所にあるとしたら尚更、引き返すという選択から遠い地点に今、僕らは立っていることになるだろう。それでもなお、僕の迷いは途絶えることを知らないようだった。

僕は、僕らの今歩いている道が、ただ一つの正解などでなく、過誤と認める少なからざる目すらあることを知っている。間違いであると言われてもなお、今を歩く確かな理由が僕らにあることもまた、僕は知っている。

何が正しく、あるいは間違っているか。分かつ基準が、決して一つではないのだ。

大衆迎合した道を選ぶのは容易く、敢えて外れた道を今歩き歩かせていると、僕は自覚している。常に隣で寄り添う迷いは、迎合を目論む大衆の手招きによるものだろう。

ぬるま湯は、時に居心地が好いものだ。

皆が寝静まった夜、一人考え込んでいると不意に、後ろから声を掛けられた。

「ロク」

「鈴葉か。目が覚めたのかい?」

「眠れなくってさ」

雲一つない星空を、一羽の鳥らしき影が泳ぎ去っていった。

「座ったらどうだい?」

「うん」

隣に座った鈴葉の微笑んでいるような表情は、苦しさを何処かに押し隠しているようでぎこちなく不自然なものに、僕は感じた。

「ロクって、さ。他に誰か好きになったこととか、無いの？」

「何だい、突然？」

「二人って、凄く仲が好いから。かえって気になって。今なら、訊けるかなって」

一度微笑んで見せた後、僕は再び空を見上げ、大きく一度息を吐いた。

「僕が今、裕奈を好きでいられるのは。今まで僕が好きになった誰かのおかげでもあるだろうと、感じているんだ」

「どういうこと？」

「鈴葉には、嫌いな食べ物はあるかい？」

「いや、特に無いかな」

「僕もね、訊かれれば無いと答えるだろうけれど。厳密に言えば、必ずしも無いとは言い切れないはずなんだよ」

「どうして？」

「世界中の食べられるもの総てを口にしたことがあるわけではないからさ。食べたことがない物の中には、どうしても受けつけないものが、あるかもしれないだろう？」

「確かに」

「だから、厳密に言えば。今まで食べたことがあるものの中で嫌いな物は無い、というのが、正しい答えなのだろうね」

鈴葉は首を傾げ、低く唸ってから言った。

「人も食べ物と同じ?」

「全くではないけれど。通ずる部分は、ある気がする。食わず嫌いという言葉があるけれど。厳密に言うならば、嫌いより怖いの方が妥当だろう。知らないことに対して、人は不安や恐怖を覚えるものだから。人に対しても同じではないかと、僕は感じているんだ」

「どういうこと?」

「人は、母親の胎内から産み落とされた時、世界の総てを知らない。知っているのは、母胎で過ごした感覚くらいかな。そこからが、始まりなんだ」

「うん」

「知らないことしかない世界の中で生きてゆかねばならない赤ん坊が、まず最初にすることは、何だと思う?」

鈴葉は、再び低く唸った。

「泣くこと、かな」

おそるおそるといった言いぶりだった。

「怖いからね。でも、泣いてばかりもいられない。彼はやがて、体を自ら動かせること、触れられることを知る。手で触れ、目で見て世界を知ろうとする。その最初が、自らを産み落とした母親であると、昔誰かが研究を重ね解き明かしたらしい」

「壮大な物語の始まり、みたいだね」

「そうだね。総ての道はローマへ通ずると云うように、物語の総て、元を辿れば母親に通ずるものなのだろう。彼は母親から、人との関わり方、食事の摂り方、愛し愛され方といった具合に、生きてゆく上で根幹を為す在り方の殆どを学び知りながら、父親、兄弟、親類縁者に地域と、知り触れ合う社会を拡げてゆく。言い換えれば人は、自らが知り及ぶ範囲の中でしか、想像も行動も出来ないということなんだ。母親を離れて、自ら誰か何かと関わる時、母親から教えられた在り方しか手立てを知らない者同士が対峙した時、どうなると思う？」

「ぶつかる、かな」

「そう。先に話した通り、人は知らないものに対して不安や恐怖を覚える。不安や恐怖を拭う方法は、逃げるか、立ち向かうか。立ち向かおうとした結果こそ、喧嘩や会話といった、相手を知る過程で為される行為であり。一方で逃げた結果は、食わず嫌いだとか、皮被りな愛想や現実逃避かな。そうした過程を積み重ねて人は、世界を知る。好きか嫌いかという、個々の分別も含めてね。僕も沢山の人と出会い、興味を持つことが出来た。その結果、裕奈と出会い、好きになり。結婚をして、子宝に恵まれ、今に至るというわけで。裕奈と出会うのが早ければ、別の今に至っていたかもしれない。裕奈と結婚をしていない今があったかもしれないと、考えれば考えるほど。僕は、今までの出逢いに感謝してやまないんだよ」

僕は長々と話している間、空を見上げていた。話し終えて見つめた先の鈴葉は、静かに俯き、涙を流していた。

「どうしたんだい？」

僕は、声を出したくなるのを抑え、鈴葉の肩に手を添えた。

「根っこにはいつもあるけど、湧いて出てきてしまうんだ。一度湧き出てきたら、涸れるまでどうしようもなくって。湧いている間、油に塗れたみたいに、真っ黒なんだよ」

鈴葉の声は、静かだったが、力がこもっていた。僕は、鈴葉の肩を擦った。

「産み落としてくれた母親は、誰しもの根っこにいる。しかし、総てではない。君は今、僕らと共に歩いている。君と肩を並べ歩くことが出来て、良かったと想っているんだよ」

後ろから聞こえ始めた物音に、僕は顔だけを翻して見つめた。テントから這い出てきたのは、裕奈だった。歩み寄ってきて、僕の隣に腰を下ろした。

「眠れないの？」

「物想う年頃なのさ、鈴葉はね」

「懐かしいな」

「懐かしいといえばさ。歩いていて不意に、特段好きなわけでも、思い出があるわけでもない曲が脳裡に浮かんだんだ」

「私もあるな。どうしてなんだろうね」

裕奈は、柔らかく微笑んだ。

「頬を一瞬濡らしてから地面へと落ちてゆく雨の一滴ほどにしか、僕の人生にとって意味を持たないような曲でね」

「別の誰かにとっては、また違っているかもしれないのよね」

「山で人とすれ違うたび、どんな人か、僕は想像するんだ。挨拶をしたり、写真を撮って欲しいと頼まれたり、奥行きのない会話をすることがあって。僕にとって過ぎ行くだけの人に、空想の中で恋をしたことだってある」

「聞き捨てならないわね」

裕奈はおどけたように頬を膨れさせた。

「決して現実になることのない空想物語さ。姿形や声色、些細な仕種なんか、想像の世界に浸る上では、適温適量なんだよ」

「解らないでもないけどね」

「きっと、多かれ少なかれ誰しもが経験することとさ。具体的に行動し、現実で繋がり、裕奈と僕は今、一緒にいるわけでね。だからこそ、裕奈は僕にとって、特別なんだ」

「そうね。私にとっての貴方も、ね」

「特別な縁によって現実世界の中で繋がりながら、僕らは今を生きている。共に歩き感じたことを、共に噛みしめ味わいたい。人に何かを望むなら、まず自分からと考えているからこそ、僕の話は諄くなってしまうのさ」

「ものすごく、重たいしね」

「自覚しているよ。総てを伝えるのは、限りなく難しいかもしれないけれど。出来る限り伝えたい、受けとめたいからさ」

風が鳴いた先にある樹々は、葉々を揺らし擦りながら、鳥や虫たちを匿っているのだろうか。おそらく、僕らが今居座っている森の中にいる人は、僕らだけに違いない。

かつて、独り山歩きをしていた頃、開いた入林届に書かれた名が、その日は僕が最初だと知り辿り着いた頂に独り立って味わった感覚を、僕は再び思い出した。

秋空は移ろい易いものであると、僕は実感を通して学んだはずだった。満天の星を見せていた昨日の今日であることが、今日が一日中晴れている保証にはならないのだと、想像に難くなかったはずなのに。

迂闊な己を恥じ呪いながら僕は、何とか野営できそうな広がりを求めて歩いた。口数が減ったかわりに、風の鳴き声は一層大きく轟いていた。

先を見据えながら歩き続けて僕は、立ち止まった。予期せぬ物が視界に留まった。間歇泉のように感情が噴き出て、全身に残されていた力は、頭だか胸だか解らない体の何処かに集中せざるを得なかったらしい。幻滅、安堵、恐怖、興奮。感情を隈なく言葉によって表現することが如何に難しいかなんて、さんざん痛感してきたはずなのに。此処に来て尚思い知らされる未来を、予想だに出来なかった。僕は、笑うしかなかった。

小屋が一件、建っていた。鬱蒼と生い茂る樹々は、雑然と地面に這う長根や倒木を踏み敷き、強い光に宛がった葉々を照らして、体を揺らしている。頬を赤く染め気持ち好さげに、仲間たちと肩を組みながら歌う呑兵衛のようだった。

「誰か、いるのかな」

後ろから麻奈が呟くように言葉を発するまで、些かの沈黙があった。様子を見た限り、僕が立ち止まって程なくして、四人ともが小屋の存在に気付いてはいたようだった。

「行ってみるか」

僕は、今選ぶべき道を選ぶことにした。独り善がりな恐怖は胸奥に留め置くことが務めだと、自らに言い聞かせながら。

小屋の前に立ち、僕は扉を叩いた。山のように積み上げられたおが屑や薪が、小屋を一際大きく見せているようだった。

扉は、開け放たれた。一縷の期待を悉く打ち砕かれ、僕はかけるべき言葉を見失った。

「こちらにお住まいなのですか?」と、訊ねてくれたのは、裕奈だった。

老人は、僕らを眺めまわしていた。舐めるようにという表現が適当な具合で、険しかった表情は穏やかなものへと移ろってから、嗄れた声を発した。

「さぞ疲れたろうに」

老人は小屋の奥へと入って行きながら、僕らに手招きして見せた。

「先は長かろう。暖まると良い」

僕らは敷居を跨ぎ、誘われるままに小屋へと入って行った。荷を下ろして、暖炉を囲み腰を下ろした。張り詰めていた何かが、腰を伝って床下へと沁み落ちてゆくようだった。

「ずっと、お独りで？」

「少なくとも、儂が住まうようになってから訪れたのは、そなた等が初めてじゃな」

「どの位になりますか？」

「どうじゃろうか。冬を幾度かは巡り見てきたような気がするのう」

老人の微笑は、窓枠に木板が宛がわれ時が止まった市営住宅のように歪だった。

「ずっと独りで、淋しくはないのですか？」

訊ねたのは、鈴葉だった。

「情報も関わりも、棄てて久しい。較ぶるべきものが無いからのう」

老人は、立ち上がり小屋を出て行った。少しして戻ってきて、揺らめく炎へと一本の薪を放り入れた。

「浸っていたかったんじゃな。自ら味わい感じたことだけを、現として認める生にの」

僕は、僥倖という言葉を想い起こした。単に屋根の下で雨風を凌ぐことができているからというだけでは無かった。

「申し訳ありませんが、一つ頼みが」

「雨風も強くなろうしな。泊まってゆくと良い。わしとしてもな、人と話をするのは久しぶりじゃから、ありがたい事じゃやて」

「恐れ入ります」

「ありがとうございます」

老人は、細めた目で一度裕奈を見つめた。小さく頷きながら見せた笑顔は、柔らかく優しげだった。

「若い子らには、一つ仕事を頼みたいんじゃがな。よろしいか？」

「仕事？」

「風呂を焚くには、火を熾さねばならんからな。男子二人いれば、易かろうしの」

「お風呂までいただけるんですか？」

「わしとて、この山で幾歳月も過ごしてきたからの。年の功じゃな」

老人は立ち上がり、二人を連れて奥へと歩いて行った。

僕は、家の中を見渡した。奥へ向かった老人を探し、手洗いを借りて驚いた。おがくずが積み上げられていた理由の一つを知り、年の功とは実に奥深く畏れ多いものであると、敬服せずにいられなかった。

バイオトイレと呼び得る仕組みを、老人は独力で作り上げたようだった。

居間へと戻り、僕は老人が戻るのを待っている間、裕奈の隣で背中を擦った。天井から降り注ぐ光もまた、老人の叡智が詰まった結晶の一つであることに疑いようは無かった。

当たり前が当たり前ではないと肌で感じ味わい得ることこそ、旅の醍醐味と呼ばれるもののうち一つであるはずだった。

老人はどうやら、当たり前ではないはずの当たり前な暮らしを、当たり前たり得ないはずの場所で、当たり前のように営んでいるようだった。氾濫する疑問符が、ゲシュタルト崩壊を起こしてしまいそうだった。

「少し、横になってはどうかね」

戻ってきて投げ掛けられた老人の声は、優しく穏やかだった。

「何から何まで、痛み入ります」

「構わんよ、お互い様じゃからの」

微笑んだ老人は、閉ざされていた襖を開き奥へと入って行った。寝床を整えてくれているらしく、また一つ疑問符が増えたのを自覚しながら僕は、裕奈を支えながら歩いた。

敷かれた布団に横たわった裕奈は、力なく微笑みながら言った。

「ありがとう」

「僕なんか、肩を貸したくらいだけど。それにしても、本当にさ。ありがたい話だよね」

「本当ね」

「とにかく、君はしっかりと休ませてもらおう。せっかくだからね」

「そうね」

裕奈の髪を撫でながら、僕はそっと顔を近づけた。裕奈の安堵したような笑みを見て、僕も微笑んで見せた。名残惜しくも僕は、裕奈を背にして襖を閉め、老人と麻奈が座る暖炉に腰を下ろした。

「大丈夫かね、具合が悪そうじゃが」

「ありがとうございます。疲れが出たんでしょうね。おかげさまで、休ませていただければきっと、幾分か癒えると思います」

「休まるまで休むがよかろう。いつまでなどとは、申さぬのでな」

「お心配り、痛み入ります」

「お風呂、沸いたと思います」

奥の方から鈴葉が戻ってきて老人に声を掛けた。老人は、喉に魚の小骨が痞えたような眼差しを僕に向けてから、鈴葉と共に再び奥の方へと歩いて行った。

老人から順に僕らもお風呂を浴びた。皆が風呂からあがった頃に裕奈も起きてきて、僕が再び湯を沸かし直してから、湯を浴びに向かった。その間に老人は、蓄えてあった山菜や肉を用いた馳走を、子どもらに作り方を教えながらこさえてくれていたようだった。

家屋がもたらす安息を、よもや得られようと想像だにしていなかった山奥で嚙みしめながら、底なし沼へと沈みゆくように僕らは、深い眠りに落ちていった。

朝陽が未だ昇らぬ薄明かりの頃、僕は目を覚ました。眠りは深かったようだけれど、野営のルーティンが、すっかり身に沁みてしまっているようだった。

外の空気でも吸おうと、僕は静かに起き上がり、襖を開けた。小屋と森林とを隔てている扉を開くと、老人が立っていた。

「おはようございます」

「早いの」

「馴れとは、怖ろしいものですね」

「一家の主ともあれば、気苦労は絶えんか」

「生きているとも、絶えず実感できます」

僕は、微笑んで見せた。老人は、小さく頷いてから、深い霧に包まれ姿を隠した樹々の頂辺りを見上げた。

「そなたらにとっては、特別な意味のある旅なんじゃろうな」

「ええ」

「流れる時か、朽ちる運命か、人間として感情と理智を備え生まれたことか。はたして最も無情なるものは、何であろうかのう」

深い霧の中で立ち尽くしていたからだろうか、いつの間にやら、世界は湿り気に満ち、触れれば弾けてしまいそうなほど、定かなる輪郭を失ってしまったようだった。

「仕事は、何をしておったのじゃ」

「子どもの福祉に、まつわる仕事です」

「社会にとって、未来を支える高尚な役割を担っておったわけじゃな」

「氷山の一角、歯車の一部というか。小さきに失するような仕事です」

「一角が潰えれば、氷山は氷山たり得ず崩れ去りもしよう。歯車とて、一つ欠ければ巧く回らぬものじゃ」

「社会の一部であるということに疑いを持ち始め、旅は始まったにも拘らず。僕には家族という社会を棄てることが、出来なかった」

「総ての物が一つの全体を作り上げ、一が他と響き合い、作用し合う。とまあ、かつて読んだ文句でな。一家の主、夫、父親、仕事。どれもお主を表す役割じゃが。一つだけでお主を表すことも出来ぬ。総ては響き合うておるわけじゃからこそ、流したい涙を堪え続けてきたのじゃろう。よく辛抱してきたな」

老人が、僕の背中を擦ってくれる。どうやら僕は、涙を流しているようだった。

「かなり悪いようじゃが。無理を圧して登るお主は、突き動かされている。覚悟の上、ということなのじゃろうな」

一度大きく溜め息を落とし、呼吸を整えてから僕は話した。

「仰る通り、迷いながらも僕は、裕奈に、僕自身に、突き動かされているのでしょうね」

思えば、山に登ることを決めて以来、僕は初めて人前で涙を流したのかもしれない。

涙を拭って、僕は天を仰ぎ深く空気を吸い込んだ。夜が冷やした樹々の香り溶け込む空気は、僕の心を体ごと梳いてくれた。

「清々しい朝に、滅入る話をしました」

「聴き語ることくらいしか、わしには出来ぬが。僅かでも心が軽くなれば、そなた等の歩く道も明るくなろうて」

老人は、頷きながら僕の肩を叩き、小屋の裏手へと歩いて行った。僕は、老人の後をついて行った。斧に手をかけた老人に、僕は後ろから声を掛けた。

「僕も何か、お手伝いをさせてください」

「お主、薪割りをしたことがあるかの」

「はい」

「ならば、折角じゃし。お願いするかの」

「ええ。私が薪割りをしている間、腰を休めて、話し相手になっていただけませんか」

「それは、お安い御用じゃな」

斧を受け取り、僕は老人が向かう先に同行した。数本横たわっている立派な倒木のうち一本に斧を振るうつもりだったらしい。斧を振り下ろしながら、老人に話しかけた。

「僕は僕のみで僕たり得ないのだと、常々考えてきました。僕という存在は、僕だけでなく、僕が知る人総てによって成る、と」

「ふむ」

「貴方に出逢って僕は、貴方のことを知る僕になった。今までの僕とは少し違う僕が今立っているのだと、考えていたんです」

「お主は、哲学的なことを考えるんじゃな」

「大学では文学や哲学を主に学び、子どもの支援を通して多くのリアルな物語に触れてきました。僕は僕で、裕奈を筆頭に多くの人と出会いました。純然たる僕一人の感情というものが、僕が抱く欲求や希望の中に存在するものかと、疑念を持つようになったのです」

老人は腕を組み、低く唸り頷いていた。

「状況の中の人、じゃな。影響を完全に排することが出来た時、はたして人は、何を想うものなんじゃろうかの」

「ホリスをご存じで？」

老人は、目尻に皺をこさえて笑った。

「伊達に歳ばかり重ねてはおらんでな」

「生き物は元来、命尽きれば個としての存在に終わりを迎えるものであろうが。どうやら人間は、いつの間にやら違うてきたらしい」

「肉体が存在の条件ではない、と？」

「お主の話にも絡んでおろうが。たとえお主の妻が先に逝こうとも、お主の中では生き続けることじゃろう。たとえ眼前に姿を確かめられぬとしても、お主の記憶に焼き付いた姿形、声や立ち居振る舞いが、お主の中で途絶えぬ限りはな。お主だけではない。お主の妻を知る者総ての中で、お主の妻は生き続けるんじゃろう。違いはあろうがな」

僕は斧を振り下ろし、太い枝を幹から引き剝がし続けていた。木を打つたび、乾いた音が森じゅうに響き渡った。

「僕の中で生きる裕奈が、僕の知らない顔を見せてはくれないのでしょうね」

「人は経験の中でのみ物云い得て、夢を見、理想を語り得るものじゃからな」

「想像力すら、想像の範囲を超えることは出来ないものでしょうか」

「人は、暗闇を畏れるものじゃからな」

立派に蓄えられた顎髭を撫でながら、老人は眉を寄せ足元を睨むように見つめていた。

「嫌々と駄々を捏ねる幼子が真に訴えたいことは、誰に知る由も無い。当人は、語る言葉すら持ち合わせておらぬとくればな。お主なら、どう関わろうとするかね」

僕は、奥底から湧き出てくる昂りを禁じ得なかった。老人の問いは、かつて僕が永らく考え温め続けてきた謎と全く一致していた。

「蓄積した経験への自覚も朧気で、先の見通しなど持ち得ぬまま、現前たる今に生きる彼ら彼女らにとって。駄々と呼ばれ得る感覚や表現が何に由るものであるか、ただひたすらに想像するのだろうと。具体的な関わりを問われるならば、想像に拠る当てずっぽう、といったところになるのでしょうね」

老人は腕を組み、深く頷いていた。

「問題は、想像の及ぶ範囲じゃな。母親との愛着を礎にした人格形成が如何なる様相を示しているか。出た言葉と内なる感覚が異なるのも、往々にしてあることじゃし。駄々を捏ねられた相手との関係性やら、如何なる場面で捏ねられた駄々か、状況によっても捉えは違うてもこよう。豊かになるほど、想像は的を射易くなる。豊かさは、題材とし得る引出しの多さによりけり、なんじゃろうな」

僕が斧を振るうたびに、汗は額から幹や枝へと滴り落ちていった。辺りは随分と明るくなってきた。あと少し経てば、木洩れ日が射し込み始めるだろうと、僕は期待した。

「人は、努力し工夫すること、経験を蓄積することが出来る。下手な鉄砲も、鍛錬し腕を磨けよう。精度を高めることも、あらゆる種類の鉄砲を使えるようになることも、的の出先を予測する感覚を研ぎ澄ますことも、意図し鍛錬を重ねることが肝要なのじゃろうな」

老人は、昨夕僕らが登り歩いてきた方を見つめていた。何やら考えているようだった。

斧を振るい下ろし続けながら僕は、老人が再び何か口にするのを待った。

「お主らは、急いでいるのかね」

老人が問うてきて、僕は答えを探した。

「山を歩かば頂を目指すは道理と思うておったが。お主ら、道なき道を来たじゃろう」

老人はさらに言葉を続けた。僕は、振り下ろす手を止めて、天に息を吐き掛けた。

「今では、冒険が難しいと言われています」

「冒険、か。確かに、情報通信技術も進んだ上、登山が広く知れ渡っておるしの。アクティヴィティと云うんじゃろ？」

「世界最高峰の頂ですら、難関ではなくなりつつあるとも云います」

「言い得て妙、当たらずも遠からずといったところなんじゃろうな」

「敢えて踏跡遺らぬ道を探して、朧の中歩くだけの旅に浸りたいと、僕もずっと想っていたところではあったものですから」

僕が微笑むと、老人は静かに頷いた。

「己が感覚のみを信じ頼り歩いていると、肌で味わいたいわけじゃな」

「生きている実感を共に噛みしめたいという共なる願いの辿り着いた末です」

汗を拭い落とし、呼吸が整ったことを確かめて、僕は再び斧を振り下ろした。

「もう、良いじゃろう」

老人は立ち上がり、落とした枝を掻き集めて、脇で幾らかを抱え歩いて行った。斧を幹に立て掛け、僕も幾らかを脇に抱えて、老人の後をついて行った。

老人が置いた場所に僕も重ねて置き、落とした枝を再び脇に抱えては、丸太の脇へと積み重ね、やがて山のようになった。

「続きは、朝飯を食ろうた後でじゃな」

老人の後について小屋へと戻り、僕は襖を開いた。音を立てぬようにと心配ったつもりであったけれど、裕奈の目が開いた。

「起こしてしまったかな」

「ううん。おはよう」

「どうだい、調子は」

「随分と好いみたい」

「そっか」

開ききらぬ眼で微笑んだ裕奈は、ゆっくりと体を起こして、くぐもった声を鼻から放ちながら、両腕を掲げて体を伸ばした。

「無理はしなくていい。数日は泊まらせて頂けるようだからね」

「そんな、悪いわよ」

「君の心配が杞憂に終わるくらい、僕は仕えるつもりなんだ。話をしてみたいことも、山のようにあるしね」

「甘えても良いのかな」

「広すぎる懐を持て余している、といったぐらいにさ。きっと、話したいのは僕だけでもないのだろうと感じたんだ」

「大丈夫なのかな」

「確かに掌で握り締めたはずの僥倖を、みすみす溢して後に悔いるほど愚かな遠慮よりもね。受けた恩に代わる礼を返すよう精一杯努める方が、よほど明るいものであるはずさ」

解らないでもないけれど、裕奈の今更めいた遠慮に、僕は擬かしく後ろ頭を掻きながら答えた。

「そう、よね。ごめんなさい」

「だから、もう少し休んでいても良いよ」

僕は裕奈の髪を撫でた。はにかみ俯きながら裕奈は、小さく息を落とした。

「ありがたいことね」

「そうだね」

「貴方も、ありがとう」

柔らかく微笑んだ裕奈に、僕は大きく頷いて応えた。きっと裕奈も、僕自身もまた、共に救われたような心地だった。

子どもたちは、恐らく正午を迎えるくらいの頃だった。老人が昼ご飯の支度をしている頃になって起き出してきた様子は、まるで冬眠から醒め洞窟から這い出てきたようだった。

「おはよう」

僕は、短く声を掛けた。上半身を仰け反らせながら伸ばして、麻奈は欠伸をしていた。

「まだまだ、眠り足りない感じだけど」

「久しぶりだもんね、布団なんて」

鈴葉は、何も言わず腰を下ろした。支度の整った昼ご飯を器に盛りつけながら、老人は順々に皆を眺め回して訊ねた。

「お主らは、花火を知っておるじゃろう?」

「花火ですか?」

「流石に、したことも見たことも、幾らかはありますよ。ね、鈴葉」

「まあね」

「それならば、今夜にでも花火をせんかね」

「花火があるんですか?」

「手製じゃから、売り物や大会で披露するものとは較べようもないがな」

「花火まで作れるんですか?」

声を上げたのは麻奈だったが、僕ら皆が一様に驚いていた。老人は、微笑んでいた。

「わし一人嗜み得るほどにしか作っておらなんでな。数は少ないがの」

「どうして、花火なんですか?」

「そうじゃな。一つは、熊除けじゃな。あとは、もの思いに耽りたい時かのう」

「火薬は、どうしているのです？」

老人は、静かに笑うだけだった。たとえ今山奥で籠る仙人だとしても、かつて社会の中にあって、僕が知らない道を老人は知っている、ということなのだろう。

きっと世界は、僕がまだ知らない何かに満ち溢れているのだ。

陽も未だ暮れぬうちから、僕らは老人と花火をすることになった。打ち上げ一発と、線香が数本。僕は、音もなく火花を散らす線香花火たちを囲う皆の顔を順に眺めた。

「今ここでわしらが花火を囲うことなど、麓の人々は知り得ないじゃろうな」

老人は、線香の火が落ちて少しして話し始めた。煙が細々とくゆり上がっていた。

「わしが今まで火を点けた打ち上げ花火の轟く音は、誰とても聞き覚えなど無かろう。真夏の昼下がりに冬の詩歌を口遊みながら一人打ち上げる花火など、奇異が過ぎて目にも耳にも留まるまい」

火が落ちて僕は、語っている老人を見つめた。樹々のどれかを見ているようで、何も見つめてはいないような、遠い眼差しだった。

「場違いも、集えば新たな場となろう。反社会勢力が、反社会勢力という社会を為すように。花火はよく、人の一生に喩えられるが。打ち上げ花火を眺める集いは広く知れ渡っておろうが、線香花火の大会など聞かぬの。隣の芝生は青く見えるもので。得てして人は、無いもの強請りなのじゃろうな。許された安寧に浸かりながらも、険しい未知なる道を志すのは、打ち上げ花火のような人生が許されざるが故かもしれぬの。安楽死や自殺を国として認めず、命を大切にと紋切り型な形骸化した常套句ばかり蔓延る社会が、自由を勝ち獲るべく市民自ら立ち上がった革命期と比べて、成熟したか、あるいは退廃したか。秤が一つでは、あまりに力不足なのであろうな」

僕は、時の流れを遡る力を想い描いた。老人が語るように、無いもの強請りが人なのかもしれない。僕もまた、人のうち一人だ。

「恐らく、わしが今語ったようなことを、何処かで読むか聞くかしたこともあろう。世は人で溢れかえっておるし。わし一人の考えなど、無いのかもしれぬ。較ぶるほどに、虚しさばかりが増して已まぬからこそ、わしは山で独り暮らしておるのだろうな」

僕は、今踏む大地の奥底深くで流れているかもしれない水脈を連想した。気の利いたこと一つでも言えないかと、言葉を探した。

「山と山は、森と大地、海と空とで繋がり、一つの星を為す。僕らは山で出逢い、こうして今、花火を見つめているのでしょうね」

老人は、微笑んだ。眼差しや語る温度は、優しく穏やかなものだった。

「言葉は、言うに易く案ずるに難いものじゃが。縁というものは、在るのじゃろうな」

線香花火が悉く散り終えて、煙が静かにくゆり続けていた。鳥やら小動物やらの声が、風に交じって時折聞こえていた。

「衆目に触れぬ打ち上げ花火というのも、また一興なのかもしれぬな」

料金受取人払郵便

新宿局承認

2523

差出有効期間
2025年3月
31日まで
(切手不要)

郵便はがき

1 6 0-8 7 9 1

1 4 1

東京都新宿区新宿1－10－1

(株)文芸社

愛読者カード係 行

ふりがな お名前		明治 大正 昭和 平成 年生 歳
ふりがな ご住所	□□□-□□□□	性別 男・女
お電話 番 号	(書籍ご注文の際に必要です) ｜ ご職業	
E-mail		
ご購読雑誌(複数可)		ご購読新聞 新聞

最近読んでおもしろかった本や今後、とりあげてほしいテーマをお教えください。

ご自分の研究成果や経験、お考え等を出版してみたいというお気持ちはありますか。

ある　ない　内容・テーマ(　　　　　　　　　　　)

現在完成した作品をお持ちですか。

ある　ない　ジャンル・原稿量(　　　　　　　　　　　)

書　名			
お買上 書　店	都道 府県　　市区 郡	書店名	書店
		ご購入日	年　月　日

本書をどこでお知りになりましたか?
1.書店店頭　2.知人にすすめられて　3.インターネット(サイト名　)
4.DMハガキ　5.広告、記事を見て(新聞、雑誌名　)

上の質問に関連して、ご購入の決め手となったのは?
1.タイトル　2.著者　3.内容　4.カバーデザイン　5.帯
その他ご自由にお書きください。
(　)

本書についてのご意見、ご感想をお聞かせください。
①内容について

②カバー、タイトル、帯について

弊社Webサイトからもご意見、ご感想をお寄せいただけます。

ご協力ありがとうございました。
※お寄せいただいたご意見、ご感想は新聞広告等で匿名にて使わせていただくことがあります。
※お客様の個人情報は、小社からの連絡のみに使用します。社外に提供することは一切ありません。

　遠い眼の先で肩を揺らす樹々が、何かを急き立てているようでも、あるいは、温かく見守ってくれているようでもあった。

「貴方は、仙人なんですか？」

　鈴葉に訊ねられて老人は、微笑んだ。

「わしはただ、願うばかりの者じゃよ。大空から大地を見下ろす一羽の大鷲よろしく、考え続けていたいとな」

　低く唸る鈴葉をはじめ子どもらは皆、腑に落ちていないような表情だった。

「お主らは、何者じゃ？」

　老人に問われて三人は、首を傾げていた。

「六南、鈴葉です」

「六南圭、です」

「私は、六南麻奈です」

　老人は小さく頷いてから、三人を順に確かめるように眺め見ていた。

「名前以外に、お主らを示すものは、何かあるかのう？」

「名前以外に？」

「そうじゃ」

　三人ともが長く沈黙する間、僕も考えた。僕ならば、どう答えるか。老人が投げかけようとしているのは、何であるか。

沈黙を破ったのは、麻奈だった。

「私たちは、六南緑と裕奈、二人の子です」

「学生、でもあります」

「なるほど。他には、無いかね？」

「他、ですか」

三人は、暫く考えていたようだが、やがて困ったような顔をして、首を横に振った。

「大人になり社会人となれば、為せる役割が変わるくらいのものでな。人が己と他者とを隔て得る根拠は、他者の存在に依る処が大きいものなんじゃよ。名も、仙人であるかも、山の中でわし一人暮らすうちは、無用の長物ということじゃ」

顎に蓄えた髭を擦りながら、老人は微笑んでいた。

「では、山奥の森深くで一人暮らす貴方が、何者であるか自らに問うとすれば。貴方はどのような答えを導き出しますか」

僕は、老人に訊ねた。老人は、穏やかに微笑みながら返してきた。

「お主なら、どう答えるかね」

くゆっていた煙は、いつの間にやら立ち消えてしまっていた。老人だけでなく他の四人も、僕が答えるのを待っているようだった。辺りの樹々は、相変わらず枝葉を揺らし、鳥たちと囁くように合唱し続けていた。

「家族や社会、人だけではなく。たった今目にする光景、聞こえる音。僕は常に、僕以外の何かが在ることにより支えられているのだろうと思います。僕以外の何かから、僕だけを切り離して述べる上で、僕が知ることはあまりに少なく、知るべき総てとは、ともすれば一生かけても知り得ぬほどに厖大なのだろうとも想像しています。星の一生が、線香花火ほど儚きものと思えるくらいに」

僕は話し終えて、線香花火の亡骸を見つめ下ろした。我ながら、雲に矢を射るような手応えだった。

神妙な面持ちで、老人は話した。

「単純明快な命題ほど、証明は難しいものでな。人はそもそも、人と人との間に生まれ出でたる存在じゃろうし。鶏と卵の論争とも通ずる話なのじゃろうな」

一陣の強い風が、吹き抜けていった。僕は小さく身震いしながら、低く唸った。

「僕が、僕以外の何かにより画定されるとすれば。言葉に似ているのかもしれませんね」

「確かに、言葉もまた、他の言葉によって画定されるかのう。国や文化によって、虹の色数が異なるようなものじゃな」

「虹って、七色じゃないんですか？」

問いかけた圭を向いて、老人は微笑んだ。

「日本では七色じゃが、六色だとか、五色とする国もあるらしいのう」

「そうなんですね」

「人が狼と犬を区別し得るのもまた、言葉ありきであろうしな。人だけでない総てを、言葉によって分かち隔てることこそ、歴史の為せる業かもしれぬな」

僕らと出逢うまでの永い時間、好き好んで独り耽り続けてきたであろう物想いを、普く詳らかに開き展べられたならと、僕は心からの願いが湧き出ているのを自覚していた。

西から射し込む斜陽を背に受けた樹々は、自らが漆黒の陰影を腹に塗りたくることで、照らされた薄や笹の清んだ煌めきを際立たせているようだった。人の目を模するカメラのイメージセンサーが、テセウスの船を想起するに足る水準を見る日は、いつか訪れるのだろうかと、反語的な期待を抱いた。

同時に僕は、明日にでも出立しようと、心に決めた。居座ろうと思えば、いつまでも居座りたくなってしまうような気がした。

「魔のうろつく時頃が近づいておろうし。片づけて中に戻るとするかのう」

役目を終えた花火の残骸に、老人は再び火を点け燃やした。近くに穴を掘って、真っ白な煤灰を掬い放ってから、被せるように再び穴へと土を掬い流し込んだ。

「魔がうろつくとは、どういう事ですか？」

「逢魔が時、というな。流れる時にさえ、人は名をつけるものなんじゃな」

「陽が沈んだ後の美しい色を見せる空のひと時を、写真家はマジックアワーと呼ぶそうです。面白いですね、言葉というものは」

僕は試すような心持ちで、老人を真っ直ぐ見つめた。静かに微笑みながら老人は、小屋の中へと戻って行った。

何事にも表裏は一体としてあるものだけれど、幻想のような現実を歩き続けているという自覚は、確かなものだと感じていた。

「明日、晴れるだろうか」

誰にともなく、僕は問いかけた。重苦しい鈍色の空を仰ぎ、しばし待ってみたけれど、答えが返ってくる事はなかった。

「僥倖に浸かり過ぎてしまっては、船酔いを起こしてしまいそうな気がするんだ」

僕は今、迷っている。僕が傲慢であることなど、解りきっているけれど。

僕らの家族旅行は、未だ道半ばなのだ。

家族四人が小屋へと入ってゆくのを見届けてから、僕も扉を潜った。

部屋でひと息ついたところで、鈴葉が徐に問いかけてきた。

「二人って、喧嘩とかしないの？」

「どうして？」

微笑みながら、裕奈が問い返した。

「何となく、訊いてみたくなって」

「あまり、見たことないかも」

小刻みに頷きながら、麻奈が言った。

「全くしない、ということはないよね」

「ぶつかってこそ見える事も、あるしさ」

「喧嘩した時とか、よく言っていたよね。どうせ喧嘩をするなら、とことんぶつかれば良い。そのかわり、最後はちゃんと、仲直りで終わろうなって」

頭の後ろに手を回し、体を伸ばしながら圭が言うと、鈴葉は何かを納得したように、小さく何度も頷いていた。

「そう、なんだね」

「意外なの？」

「意外というか。施設で見なかったから」

「先輩と後輩、だったからね」

「僕ら二人がぶつかるべき場面は、無かったんだと思う。二人の関係も、その時見て考えることも、今とは違うからね」

僕は首を傾げながら、天井を仰ぎ見た。

「二人が夫婦であることは、麻奈や圭と、僕とでは、必然性が違うよね」

徐に口を開いたのは、鈴葉だった。

「必然性？」

「麻奈と圭は、二人が夫婦でなければ、世に生まれ出ていないけど。僕は、違う」

「今、こうして五人で歩いている。僕は、至高の必然だと想うけど」

「必然って、一つでは無いのかもね」

「一つに非ざる必然が積み重なって、僕らは今という必然を生きているから。時と共に、必然は質を変えるものかもしれないね」

　静かな部屋の中、裕奈の居た堪れなさげな笑顔に後ろ指さされるような心地で僕は、瞳を一度閉じ開き直した後口を開いた。

「君たちに普通教育を受けさせる義務を、僕は今、果たしていない。未知の多い多感な今だからこそ、敢えて僕らは、道無き道へと逸れて歩いているつもりなんだ。苔むす秋の岩場で足元を掬われる焦燥は、山を登る人ほど胸に沁みるものと、僕は知っているから」

　僕が話し終え、部屋では再び静寂が漂い舞っているようだった。微笑みながら拭い掃ったのは、麻奈だった。

「親の心子知らず、って言葉があるけどさ。うちって何か、違うよね」

「山頂の眺望が四方に開けていても、北側だけで全容を捉えたつもりになっていては、勿体ないだろう?」

「学校に行かなくても。国語は盤石だよね」

　圭は後ろ手を床につき、天を仰ぎ言った。

「確かに、お父さんの言葉が解れば。学校の国語は物足りないくらいかもね」

　麻奈が笑うと、鈴葉も静かに微笑んだ。

「人間は、ポリス的動物である。とは、誰の言葉か、学校では勉強したかな?」

「ソクラ、テス?」

「アリストテレス、じゃなかったかな」

「そうだね。正確な言い回しは、少し違うらしいけど。人は、両親という小さな社会の下に生まれて、社会の中で育ってゆく。知らず識らずのうちに、社会を保つための歯車として為すべきことを背負わされる、ということで。為すべきを為す力を養うシステムこそ、教育であり。力が社会にとって正しく作用するために設けられた城壁を、法と呼ぶ。法は議会が作り、政府が執行する。法を守るのが司法や警察である。といった具合に、社会は紆余曲折を経て、秩序を打ち立て今に至るわけだね。保たれるだけでなく、社会は常に膨張し続けてきた。ビッグバン以来、膨らみ続けている宇宙と同じように」

僕が話し終えて裕奈は、何も言わず微笑んでいた。三人が揃って首を傾げており、僕は思いがけず失笑を溢した。

「社会が膨らむのは、何故かしらね」

「人が、増えているからなんじゃないかな」

「昔と今とでは、考え方とか違いそう」

「変わらないこともあるわよ、きっと」

裕奈が投げかけてくれた問いかけに、三人が順に考えを述べた。改めて僕は、裕奈に愛おしさを覚えた。

「僕が思うに。人間もまた動物の一種であるという事実から、目を背けたいのだろうね」

「どういうこと?」

「社会や理知で武装したところで、人間は動物であることから逃れられない。異性を愛するのは、種を保つ本能だろう。食欲や安全への欲、強くありたい、認められたいと願う欲もまた、人間だけに備わった欲求ではない。動物として内から湧く欲求は、得てして理知の枠を超越する。社会を保つために、より強固に武装する。社会は、膨らんでゆく。という循環があるように、僕は思うんだよ」

「つまり。だから、学校には行かなくて良いってことなの？」

「いや。山に籠ることを終生強いるつもりなんか、毛頭ないからね。社会の中で生きていく以上、教育は必要だとも思う。でも、やっぱり僕らは、生きているから。若さが今一番の得難き宝であるからこそ、今ばかり共に味わい得る時間を味わいたかった、と。前に、同じようなことを話したような気がするな」

　不意に、深い森の奥で道に迷う自分たちの姿が、湧き出るように脳裡を掠めた。

「家族で話をし続けるだけの山道なんて、少なくとも、主流ではないんでしょうね」

　天井に向いた裕奈の柔らかな微笑みを見つめて僕は、金色の川面を覆う川霧に白息吐き上げる一羽の霞んだ丹頂鶴を思い出した。

「山頂まで、あとどれ位だろうね」

「近づいてはいるんだろうけど」

「絶景なんだろうね、きっとさ」

「そうじゃないと、ね」

　語らう子らの期待が、藁に縋るもののように、僕は感じた。よもや、絶景と呼べぬ凡庸な風景など、広がっているはずがない。確信に足るだけの距離を、僕らは歩いてきた。

老人は、暖炉に腰を下ろして、うつらうつらと頭を揺らしていたようだった。扉が開いた音に目を覚ましただろうと思える表情で、老人は僕を一瞥して、再び暖炉へと真っ直ぐ眼を下ろし、静かな語り口で言った。

「ありがとうのう」

「僕たちこそ、感謝してもしきれません。どうして、僕らが感謝されるのですか？」

「自らを穴であると感じたことはあるかの」

「穴、ですか？」

「そうじゃ、穴じゃよ」

老人の微笑みは、斜陽に透かされながらそよ風に揺らめく、一本の薄のようだった。

「充ち満ちた自然を、儂は感じ味わってきたがの。儂自身を感じ味わう事が、儂一人では難しいものなんじゃな」

僕は、老人の隣に腰を下ろした。他の四人も、順に僕の隣へと腰を下ろし、暖炉を囲う円を成した。

「確かに、僕も同じようなことを考えたことがあります。共に歩んでくれる家族があるからこそ、僕自身も確かに在ると、感じることができる。僕と裕奈、子どもたちも、互いが互いの存在を証明し合うことで、現実に生き永らえているのだろうと思うからこそ、僕は、僕を知る総ての人に、覚えてい続けることで感謝を返し続けていきたい、と」

「そうじゃの。わしも、お主らに会うまで、久しく人とは相見えんかった。お主らに会うて、儂自身確かに存在しているのだと、感じることが出来た。それ故の感謝を、お主らにも、この僥倖にも、感じておるわけじゃな」

老人は、立ち上がり、器を手に取り戻ってきた。僕らが囲う暖炉で火にかけられている鍋の蓋を、老人はゆっくりと持ち上げた。柔らかで香ばしい匂いが、湯気に先導されながら立ち込めてゆく只中で、僕は、僕以外の五人を眺めた。香り立つ鍋口を四方から見つめる眼差しにも、湯気の熱気は伝わるもののようだった。

「お互い様な上、僕らは、食事と寝床、お風呂まで用意していただきました。感謝すべきは、やはり我々であるのに」

「誰かをもてなす機会に恵まれるということもまた、儂にとっては僥倖なのじゃよ」

鍋から器へと、茸や肉が入った雑炊が老人に掬い盛り付けられては、老人から僕へ、僕から裕奈へ、といった具合に、順に手渡されていった。器は、とても温かかった。

「それでは、いただくとするかのう」

「いただきます」

一杯の雑炊が持ち得る力の極限を、全身で味わうような心地で、僕は噛みしめた。

雑炊を啜るのを止め、老人が語り始めた。

「強烈な西日を遮るものなく背から浴びた幹は、色を失った漆黒の陰影となるものでな。焦げた木偶が、火災で焼け落ちた襤褸小屋に独り笑い立ち尽くしているような具合にの。

昼間は、森の最奥で読書に耽る静穏な老紳士といった様相なんじゃがな。光が色を司る魔術師のようなものと、儂は想うんじゃ」

老人の語った光景を、僕は似た形で見たことがある。ありふれた光景でも、特別に際立って見えることがある。僕らが、僥倖と呼ぶひと時なのかもしれない。

「考えるほど、貴方が山に籠る意味と理由を知りたくなります」

「そうじゃな。儂も、考えぬでも無いが。だからこそ、かもしれぬな」

「だからこそ？」

「麓の全容は頂に、頂の威容は麓に。見られる光景は、立つ場で異なるものじゃよ」

「頂にしか咲かない花を、麓では見られないものでもあります」

「悲しいかな、麓と頂と、同時に立つことは出来ぬものじゃろう。時を旅する術など、ねだろうにも得られようが無かろうしな」

「そうですね」

「だからこそ、今が特別なのじゃろうしな」

「確かに」

賑わっていたはずの会話が、突風で散る花のように、突然途切れることもある。散り落ちた花を踏みしめるような心地で、僕は深く頭を下げながら言った。

「本当に、お世話になりました」

「先はまだ、長かろうし。気をつけてな」

老人は、柔らかく微笑んだ。

身支度を整え、開け放った窓から、涼しい風が肌を撫で去っていった。

少し歩き振り返った時、小屋の扉は閉ざされ、老人の姿は既に無かった。

暫し黙々と歩き続けているうちに、ふと僕は、高校生だった頃の記憶を想い起こした。

毎年夏の終わり頃になると体育の授業で行われる習わしとなっていた、マラソンの時間。

途中で立ち止まると、次に出す一歩が重くなってしまうもの。回を重ねる毎に肌感覚として積み重ねた学びが、よもや今再び甦ってくるとは。

風や鳥の声に耳を傾けながら、僕らは鬱蒼と生い茂る森林帯を歩き続けていた。

「どうして、人って羨むんだろう」

突然、鈴葉が誰にともなく訊ねた。

「どうしたの、急に」

「急でもないんだけどね」

「何かが羨ましい、ということかな」

「何か、ということでもないんだけどさ」

振り返ってみると、鈴葉は微かに息を切らせながら目線を下ろし歩いていた。

「較べることからは逃れ得ない、ということかもしれないね。較べるからこそ、羨み憧れて、標を目指すことも出来るのだろうし」

道の先が開ける気配は、今のところまだ無さそうだった。小さな何かが、突風のように視界の下端を横切った。

「特別って何か、考えるほど解らなくて。年齢も歴史も、僕が一番永いはずなのに。家族である時間は、一番短いんだよね」

鈴葉が徐に語ったのは、根っこから吸い上げた悲観的な樹液が、葉から滲み出たようなものだったのかもしれない。

「僕には、鈴葉の特別を規定することが出来ないけれど。僕が子どもと山に登ったのは、鈴葉が初めてで。少なからず僕には、特別な意味を持った事実なんだよ」

「今、言うんだね」

「私たちだって、いるのに」

「だからこそ、さ」

僕は一番先頭を前向いて歩きながら、二人の機嫌が悪くなったことを悟った。

「僕にとっては、三人とも特別で大切な娘息子なのだけれども。僕が等しく特別に想っているから、三人が等しく受け留めてくれているとは、必ずしも限らないようだし」

風に揺れ擦れる枝葉の音は、大きさも速さも不規則なようで、歩き続けているうち、一定を保っているようにも思えてきた。

「お父さんって、何でも言葉にするよね」

静かな口調で言ったのは、麻奈だった。

「それな。特別を特別とかって、あんまり言わないものなんじゃないの」

「人として生まれ育って、何某かを伝える手段として折角学び得た言葉が、遣われること
なく錆びつくのは、勿体ないことだからさ」

「多くを語らないからこそ、一言が活きるという考え方は、単なる時代遅れなのかしら」

「見る方角の違いさ」

言葉は、水鳥だ。湖面を泳ぐ優雅な白鳥の足元は、陸の上に立つ僕らに見えない。見え
たとしても、僕らは目を瞑るのだ。

僕が話したことのどれくらいを、果たして彼らは受け止めてくれるのだろうか。

会話が途絶え、僕はまた、自然たちの囁きに耳を傾けながら歩き続けた。

老人が語ったような、強烈な西日の織り成す幻想的な光景の下、僕は頭を垂れて何か食
んでいる鹿の姿を認め立ち止まった。

鹿の口元では、かつて何やら小動物だったと思われる肉塊が、為されるままに佇んでい
た。僕は、天を仰いだ。

「平等という言葉がある限り、平等は存在しないものかもしれないな」

「また、難しそうな話だね」

「今足元に咲く花を、標として目指しはしないというだけのことさ。平等が空気のように
ありふれているなら、わざわざ言い及ぶこともないものだろうしね」

「そういうもの、なのかな」

「酸素と二酸化炭素の出入りを、呼吸のたびに意識するものかな」

「それは、しないかな」

「つまりは、そういうことさ。平等だけではない、自由や福祉、権利のように。当たり前にあって欲しいと願い、規定されるものはどれも、言葉や規定がある限り、十分ではないと証明しているようなものだと思うんだ」

「ややこしい話ね」

「福祉は、福祉が無くても罷り通る世界こそ辿り着くべき理想郷なのであろうし」

「遠い理想なのでしょうけれど」

「そうだね。言語を分かたれたバベルの塔の逸話が、よくよく物語っているかな」

「止まらないわね」

「総ては、繋がっているんだ。食物連鎖や倒木更新といった摂理が連綿と紡ぎ続けた、輪廻のようにね」

「先生みたいだね、お父さん」

「一度じゃ呑み込めないよ」

「一歩ずつ、歩いてゆけば良い」

　辺りが薄暗くなってきた。山に籠って何度目の夜を迎えるか、既に僕は解らなかった。樹々の隙間に野営を設けて、僕らは休むことにした。頂に立つには、あとどれほど歩けば良いのだろう。

　子どもたちが寝静まり、僕と裕奈は二人肩を並べ腰を下ろし、空を眺めていた。

「星、あまり見えないわね」

「背の高い樹が多いんだ」

「何だか、疲れちゃったな」

「ゆっくり休んだ後だから、尚更ね」

視線を下ろした裕奈の眼差しは、幹と幹の間を塗り潰している暗闇に向けられていた。

「日中の話ってさ」

「うん」

「ううん、何でもない」

横に首を振った裕奈は、喉元に何かが痞えているような表情を浮かべていた。

「約束に関すること、かな」

「何かね、少しずつ前に進んでいるなって」

「そうだね」

「歩けば進むし、生きていれば時は経つんだよね。当たり前なことなんだよなあ」

両手を後ろに伸ばし体を支えながら、裕奈は再び天を仰いで、深い溜め息を吐いた。

「時は流れ、去ってゆくけれど。共に歩いた記憶は、僕らの中に必ず残るんだ」

「そうね」

裕奈が、右腕に頭からもたれてきた。

「解っているのよ。解っているんだけど。今だけは、泣いても良いかな」

裕奈は既に、静かな涙を流しているようだった。僕は静かに、彼女の肩を抱いた。

僕も再び、天を仰いだ。狭い空に星は瞬いていたけれど、潤みぼやけていて、空と海とが混ざり合っているようだった。

かつて交わした誓いと星々の下に、僕らは夜啼く鳥たちの囁きを聴きながら、確かに夫婦なのだと噛み締め合った。

賑やかだが静かで、暖かな夜だった。

*

僕は今、迷っている。歩む幅は、確かに狭まっているように思えた。初めての道は、一歩一歩が未知を踏んでいるわけだから、厳密に言えば較べようも無いのだけれど。

迷ったところで、今更引き返す道を選ばないことなど、解りきってはいるものの。

立ち聳える樹々の密度は薄まり、空の姿がよく見えるようになってきていた。

間違いなく僕らは、頂に近づきつつあるはずだった。

隣で俯きがちに歩き続ける裕奈は、懸命に一歩でも前へ進もうとしているようだった。

さほど暗くなってもいなかったけれど、僕は足を止めて皆に告げた。

「今日は、この辺にしようか」

「貴方」

「星も、綺麗に見えそうだしね」

「確かに」

　ほぼ毎日行い続けてきた野営設営に、子どもたちも手馴れてきたようだった。何を言わずとも圭や麻奈は枝葉を集めに行き、天幕を張る鈴葉の手際も随分と軽快になっていた。

　空が夕色に染まり始める前から、裕奈は天幕へと潜り休んだ。しばしの間、囲む炎が木を弾く音ばかり際立って聞こえていた。

「大丈夫、だよね」

　誰にともない風に訊ねた麻奈は、揺らめく炎を真っ直ぐ見つめていた。

「大丈夫さ。先を急いではいないからね」

　精一杯の柔らか気な笑顔を浮かべ、僕は応えたつもりだ。応えながら、自らに言い聞かせているのだとも、僕は自覚していた。

「長く休んだからね。疲れてしまったかな」

「マラソンみたいに？」

　首を傾げ問うてきた麻奈の何食わぬ顔に、僕の眼は惹かれ留められていた。

「どうしたの？」

「ううん。何でもないよ」

　何やら麻奈が、哀れむような眼を向けながら、俯く僕の顔を覗き込んできていた。

「お父さんも、疲れてるんじゃない？」

「どうして？」

「だって。鈴葉も、そう思うでしょ？」

「どうかな」

「可笑しいことなんて、無かったもん」

「笑っていたの、僕が？」

「うん」

どうやら、僕は笑みを浮かべていたらしかった。首を横に振った僕自身が操り人形のようで滑稽に思えたのは、確かだったけれど。

「楽しいことは疲れるって、お父さん、よく言っていたよね」

徐に口を開いたのは、圭だった。

「そうだね」

「歩くために眠り、眠るために歩く。疲れとは、生きる上で必要な合図。だったよね？」

「よく覚えているね」

「慣れたからさ」

「お父さんの子ども、だからね」

「そういうもの、なのかもしれないね」

何気なく過ぎ得る日常にこそ、学びは転げ満ちているものなのかもしれない。

想像よりもずっと、子どもの育ちは速く、僕もまだ、多くを知らないらしかった。

大いなる逆風を前に、今なお吹き荒んでいるはずの風が和らいで感じられるのは、穏やかに背を撫で圧し続けてくれている新風たちのおかげかもしれない。

空の朱は完全に褪せて、漆黒の中で星々が点々と瞬き始めていた。

「お父さんって、どうして結婚したの？」

「どうして、って」

「どうしてお母さんだったのかな、って」

唐突に訊ねてきたのは圭だったが、麻奈や鈴葉も真っ直ぐ視線を向けてきているようだった。僕は、一度深く息を吸い、落とした。

「どうしてかな」

「多くの出逢いに感謝してるって、前に話していたけどさ。お母さんだからこそ、っていう理由もあるんじゃないの？」

僕は、天に笑った。天幕の中で裕奈は、まだ眠っているようだった。

「僕はよく、ロマンティストなんて云われることもあるんだ。大手を振って言い広めることでもないけれど。僕は、大人らしい大人になど、どうしてもなりたくなくてね。裕奈とは、何と言うか、波長が合ったんだよ」

「お母さんも、大人らしい大人になりたくなかった、ってこと？」

「全く同じ、では無いけれど。僕も裕奈も、考えることが好きでね。一とは何か、のようなさ。仕事柄、題材は沢山あったから。話し込んで朝を迎えたこともあった。そんな時間ばかりを、互いに苦とせず重ね続けてこられたことこそ、裕奈でなければならなかった理由、なのだろうと、僕は想うかな」

火が枝を弾く音が幾度か際立って聞こえた後、麻奈が何かを閃いたように言った。

「だから、今なんだね」

「どういうこと？」

圭が麻奈を見つめ訊ねた時、鈴葉は静かに俯き、何かを考えている様子だった。

「何か、今の話聞いていたらさ。学校を長く休んで山を歩いているのも、何となく通じているのかな、って感じたの」

「普通ではないけどね」

圭が微笑みながら天に息を吐き上げたのを見て、僕は鈴葉に訊ねた。

「鈴葉は、何を考えているんだい？」

微かに肩と口角を引き攣らせて、鈴葉は溜め息を吐き落としてから言った。

「この旅が、終わらなければ良いのにって」

ああ、と僕は頷き、空を見上げた。物言わぬ星々に、今すぐにでも語りかけたかった。

水底で揺らめく風のゆりかごに寝そべっているような心地で僕は、誰一人として何も言わないひと時を寛いでいた。

「ごめんね、結構寝ちゃったみたい」

夜の漣を想わせる足取りで、裕奈が天幕から這い出て、僕の隣へと歩き腰掛けた。

「大丈夫？」

心配そうに声を掛けた麻奈を見て、裕奈は優しく微笑みかけた。

「ちょっと、疲れちゃったみたいね」

「まだ、休んでいて良いんだよ？」

「急いでいないんだもんね？」

「そうだね」

「ありがとう。おかげさまでね、随分と休むことが出来たから」

いつになく丸く撫で下ろした裕奈の肩を擦り僕は、二重に揺らめく炎に見入っていた。

「あと少しかな」

「どうだろうね」

「もう、結構歩いてきたんだよね」

「そうだね」

「どのくらい歩いてきたんだろう」

「どうかな」

「お父さんたちって、本当に解らないの？」

「何が？」

「今僕たちが、何処を歩いているのか」

「山を歩いているよね」

「どのくらい歩けば山頂に着いて、あと何日で麓に下りられるとか。前に山を登った時とかは、長くて二日くらいだったでしょ」

少し口を尖らせて圭は、明るからぬ表情で俯いていた。

「僕らは、冒険をしているんだ」

「冒険？」

「前人未踏では無かったけれど。僕らにとっては未踏の地で、下調べをしていないから先入観も無い。真っ新な大地に、僕らの歩いた道を作ることこそが、目的であり、今僕らがここに居る理由さ」

「不安じゃないの？」

「確かに。暗闇の中で壁を探し回るか、あるいは、大気を求めて海底から浮かび上がろうとしているようなものだからね」

「家に帰った時、どのくらいの時間が経っているか。取り残されてしまうんじゃないか、考えるのは僕だけなのかな」

膝を小刻みに震わせ話す圭の口調は、静かだった。僕は、麻奈や鈴葉の表情も順に一瞥した。何かを考えているような、神妙な面持ちで二人は、黙って炎を見つめていた。

「確かに僕らは今、ここに居るんだ」

「そうだね」

「疲れているなら、眠れば良い。悩み苛立っているなら、話せば良い。人の内側を隈なく見透かすことは、たとえ家族でも出来ないけれど。共に歩き味わう時の質も、一人一人違うものだけれど。それでも僕らは、共に今を生きている。少なからず何かを分かち合うことが出来るはずだと、僕は信じているから。不安はあっても、前に進むことが出来るのだろう。と、僕は考えているんだよ」

僕が微笑みかけると、圭は少しの間、何も言わず俯いていたが、徐に立ち上がった。

「何だか、疲れたから。先に寝るよ」

圭が天幕へと潜りこんでいくのを見届けていると、麻奈や鈴葉も、おやすみと一言添えて、静かに立ち上がって、天幕に屈み手をかけて、入り込んでいった。

裕奈と二人、僕らは静かに炎を見つめ続けていた。何も言わず僕は丸太を抱えて立ち上がり、反対の手で裕奈の手を握り、森の奥へと誘った。僕に誘われた裕奈も、何を言うことなく、導かれるまま静かに歩いていた。

焚き火からは少し離れた暗がりに丸太を置いて、僕らは腰を下ろした。

「まだ、冷える頃でなくて良かった」

「そうね」

僕は裕奈を引き寄せ、強く抱きしめた。裕奈も、僕の背に手を回してきた。暗がりにあっても、裕奈の瞳はしっかりと見ることが出来た。重ねた唇は、少し冷たかった。

互いの熱と鼓動を確かめ合い続けてから、僕らは隣り合い大地に身を横たえた。

「僕らは、生きているんだ」

「そうね」

「寄る辺ない心は、些細なことにも波立つものでさ。疲れや苛立ちも、生きているからこそ感じる。君を愛おしく想う僕も、隣で息を調えている君も、生き合っているんだ」

「耳慣れない言葉ね、生き合うって」

裕奈が、小さく微笑んだような気がした。

「君と出会ってからの僕は、当たり前に君在りきの僕だけれど。今の僕は、君と出会う前の僕でもあるだろう。生まれてから今に至るまでの総てを引き受け続けている今の僕にとって君は、出会う前の僕にすら語りかける、僕から切り離すことの出来ない存在で。言葉が、音と意味とを切り分けられない、表裏一体の関係であるように。君は既に、僕の中で生きている。これから先も、ずっとね」

「ずっと？」

「ああ、ずっとさ」

「よかった」

裕奈の頭と手が、優しく撫でるそよ風のように僕の肩と腕に添えられた。

「どうしたの？」

「何がだい？」

「落ち込んでいる感じ」

僕は、空に息を吹きかけた。僕が今、微笑んでいると、裕奈は解るだろうか。

「解ってはいたことなんだ。唯々、愉楽だけしか無いぬるま湯に浸かりきっていたとしても、迷いは尽きないものなのだろうし。圭が感じているであろうことだって、想定の範囲を超えてはいないけれど」

「確かに。真っ向から突きつけられると、堪えるわよね。ごめんなさい、私のせいで」

「僕は君で、君は僕で。僕らは、生き合っているんだ。君のせいなら、僕のせいだ。耐えるに堪える意味があるからこそ、僕らは今を選び、歩いてきたのだろう？」

「ええ」

「冷たい向かい風に、冷たいねと言って、身を寄せていたいだけのことさ」

「風、涼しいわね」

　きっと僕の言葉は、誰かに何かを伝えるつもりで、その実、僕自身に言い聞かせる意味合いの方が、遥かに強い。前々から薄々自覚しながら、誰にも悟られぬようひた隠し続けてきた事実を、見透かした圭に指摘されたと感じてしまったことこそ、僕は何より、愚かしく恥ずかしかった。

「貴方で、よかった」

「僕の方こそ、君でよかった」

　僕は、言い終えてから首を横に振った。

「で、ではないな。君が、よかったんだ」

「ありがとう」

間違いなく僕は今、裕奈と共に、生きている。ふと僕は、鈴葉の言葉を思い出した。暗がりの中で横たわる僕は、ただただ無心に、裕奈を包み抱き続けた。風樹や鳥たちは、今日も僕らにとって心強く優しかった。

*

僕は今、迷っている。いつ天幕を潜ったものか、覚えていなかった。目が覚めて外に出て、空を見上げ暫し立ち尽くした。森が燃えているかと錯覚してしまうような空の下に、僕らは眠っていたのだ。清んだ空気を深く吸い込むと、悪しきもの総てが消え失せてゆくような感覚が、体じゅうを満たしていった。

足音忍ばせ集めた枯れ枝で火を焚いた。道中汲み溜めておいた水を天幕から取り出し、足元へと忍ばせた。

大地を離れてどのくらいからを、空と呼ぶのだろう。ともすれば僕らは、空を掻き分け歩いているのかもしれない。

揺らめいているのは、炎か、僕か。うつらうつらと、僕は魅入られるように炎を見据えていたのだろう。隣に鈴葉が腰掛けていると気づくまで、果たしてどれほどの時間が経っていたのかを、僕は解らなかった。

「おはよう」

「おはよう」

「ごめん、驚かせたかな」

「いや」

枝が燃え弾けて、音となって耳から体じゅうに沁みてくるようだった。

「目の前で揺らめく炎と全く同じように、体を動かすことが出来たならさ。炎は、止まって見えるものなのかな」

「え？」

「炎と一心同体なんて、修行僧みたいだね」

「どういうこと？」

「炎の揺らめきに、規則性はあるのかな」

「どう、なんだろうね」

「とどのつまり、真似は真似に過ぎないのかもしれない。炎の揺らめきが止まって見えたなら、御の字と言ったところかな」

鈴葉は、何も言わず炎を見つめていた。

「独りで炎を見つめているうちに、思い立ったんだ。結局僕らは、僕らの道しか歩むことが出来ない。較べたところで、二番煎じにしかならないのなら。僕らは、僕らが歩んでいる道を、ただ信じて突き進むのみだとね」

首を傾げるように、炎が揺れた。

「歩む道は僕が選んでいるけれど。道の上で僕ら一人一人が何を想うか、僕に定める手立ては無い。だからこそ、僕は願うんだ。皆でまた、登りたいと」

鈴葉は、確かに揺らめく炎を、眉間に皺を寄せながら黙って見つめ続けていた。

「結局のところ、僕は子どもであり続けたいのだろうね。いつまで経っても」

「子どもでありたい？」

「何に対しても、何故、どうしてと。限りない謎を掘り起こしてゆくことは、子どもの特権なのだと考えているからさ」

「そういうものなの？」

「子どもと大人とでは、どうやら、世界が違うものらしい」

「変なの」

「大人の総てが、もれなく子どもであったはずなのにね。大人と云われる齢になって、子どもらしさが垣間見えようものなら、少なからず嘲笑の的になってしまう」

「だから、子どもであり続けたいの？」

「大人の皮を被った子ども、かな」

僕は、おどけた微笑みを浮かべた。

「地球は回っているって、教わったけど。地震でも起こらない限り、実感できないよね」

一言一句確かめるような緩い口調で、鈴葉は話した。僕は、微笑んで見せた。

「どういった形で、いつ活きるものか予期できないという点では、学びもまた、炎の揺らめきと似ているかもしれないね」

紅く染まっていたはずの空は、青が取って代わりつつあった。風に揺らめいたように見えた天幕が開き、麻奈と圭が相次いで這い出てきた。

「おはよう」

「二人とも、早いね」

圭は、寝起き一番、いつになく神妙な面持ちで静かに炎を見つめていた。

「お茶でも淹れようか」

返事を待たずに、僕は天幕へと這い入り、道中採り貯めておいた茶葉を取り出した。

「二人で、何の話をしていたの？」

「地球は回り、炎が揺れる、という話」

訊ねた麻奈に対して、鈴葉が微笑んだ。

「私たち。つくづく、らしくないよね」

俯きがちに炎を見つめながら、麻奈は微笑んでいるようだった。

「きっと端から、らしくなんかないんだよ」

「らしい私たちって、想像できないか」

「そもそも、らしいって何だろうね」

「まあね」

麻奈と鈴葉の応酬を見届けながら、僕は横目に圭の様子を窺った。天を仰ぎ、鼻から音もなく、微かな笑いを漏らしたようだった。

旅を想い起こし、計画を立て、支度を調える。登山口から山道を歩いて、時には引き返す時もあろうが、凡そ山頂へと辿り着く。一息ついて、後ろ髪引かれながらも麓へと下って、家に帰り着き、後片付けや新たな計画など次へと備える。行程総てはもとより、旨み渋みと悲喜交々波打つ心の在り様もまた、登山であり、旅、冒険なのだ。

「昔の人はね。明け六つと呼んだそうだよ」

「明け六つ？」

「今くらいの時間に、夜明けを報せる鐘を鳴らしたんだって、昔の人はね」

「鐘を？」

「毎日鳴っていた、朝六時のサイレン。時計が無かった時代からの名残だそうな」

僕は、火にかけていたヤカンから、一人一人のマグへと沸かした茶を注いだ。

「昔はね、時に名前が付いていたんだよ」

「時の名前？」

「今より前の、陽も昇らぬ薄ら明るいひと時を、彼は誰時や東雲と呼んだそうな」

「何だか、お洒落」

「時間が世界を跨いで標準化され、時計が発明されて。僕らの生活は、間違いなく便利になったけれど。時に名を付けた人々の知恵や想像力は、取り残されてしまったような気がするんだ」

「お父さんは、知っているんだよね」

「総てを知ってはいないよ。言葉はね、心や感覚の一部が表れただけに過ぎないから。時に名付けた人々が見た世界を、僕らが悉く窺い知るには、時を遡り自らの眼で見るより他に術が無いけれど。時計が身近に在り、タイムマシンなど無いことが当たり前の世界に、僕は生まれて、生きてきた。僕が生きている間には恐らく、タイムマシンが携帯電話のように出回ることも無いだろうしね」

渋く苦いお茶を、僕は一度に飲み干した。今頃街では、サイレンが鳴り響いている頃なのかもしれない。思えば、山に登ってからというもの、当たり前だったはずの街での暮らしを想ったのは、久しぶりかもしれない。

遠くにありて想う何かを、彼らもまた、僕と同じように思い浮かべているだろうか。

街のサイレンに代わり鳥たちが、僕らに朝の訪れを告げてくれているようだった。

天を見上げ、声の出処を探り追っているうち、一本の枝に留まる二羽の鳥を見つけた。

お腹から尾にかけて淡い黄色の毛が愛らしい彼らは、しばし寛いでいたようだったが、やがて飛び去っていった。

日が出きり、空に柔らかな青が滲み出していた。未だ裕奈は眠っており、僕は、辺りの野草や茸などを摘み集めてから、遠く聞こえる沢の音を求めて歩いた。小鳥たちの飛び交う声や姿が、すっかり賑やかだった。

登っては下る、ただ只管歩くだけの道のりを、はたしてどの位続けてきたのだろう。

いつでも決壊させられるほどに、僕は涙を蓄えているようだった。涙が感情の洪水なのだと、僕はつくづく思い知った。

左右に首を激しく振り、僕は焚き火へと歩き戻った。鈴葉は座っておらず、圭と麻奈が二人、炎を見つめながら腰掛けていた。

「鈴葉は？」

「歩いてくるって」

「そうか」

集めた野草や茸たちを枝に刺し、炎へとくべてゆく。枝が、弾ける。僕は、天幕を一瞥してからまた、揺れる炎に眼を落とした。

「皆が想う非日常の真ん中を、僕らは今、歩いているんだよね」

「まあ、そうだね。多くの人が現実から逃れるために歩くような場所を、僕らは今、歩いているのかもしれない」

「何だかさ、物語の主人公みたいだね」

「物語？」

「小説とか映画って、自分には縁遠い人たちの物語、って感じがするから」

「確かに」

呟くような麻奈の言葉に、圭が頷きながら同調していた。

「月の兎を見出し、時間や暦を閃くのが、人間だからね。認知すらされていなかった世界の空白を、ただ歩いていただけの自分が見出し色を塗る可能性など、誰も予想することは出来ないものさ」

　圭と麻奈が顔を見合わせ、笑った。僕が首を傾げると、炎も同じ向きに揺らめいた。

「お父さんの話は、よく飛ぶね」

「飛ぶ？」

「いきなり、わけが解らなくなるんだよ」

「そうかな」

「どんな小説よりも、難しいよ」

「そうでもないよ、きっと」

「きっと、そうだよ」

「難しいものだね」

「何が？」

「何かを伝える、ということがさ」

　枝を炎から引き抜き、顔へと引き寄せ眺めては、圭や麻奈へと渡していった。僕自身も一本引き抜いて、口に運ぼうとしていたところ足音が聞こえ始め、後ろを振り向いた。

「おかえり」

「うん」

　戻ってきた鈴葉は、僕の隣に腰を下ろし、揺らめく炎に両手を差し出し近づけた。天幕を背に腰下ろす二人を見遣ってから僕は、空に息を吐き上げた。

「何か、あった？」

訊ねた麻奈に顔を向けて、鈴葉は静かに微笑んで見せ、何も言わず首を横に振った。

「珍しい何かが常にあるわけでもない、か」

「眼が慣れた、ということかもしれないね」

「慣れる？」

「奇跡の海で、二重の虹を絶え間なく眺めるような道を毎日、僕らは歩いてきたんだ。麓の誰かにとって珍しい物が、僕らには何ら変哲が無くなってしまった。言い換えるなら、僕らの眼が肥えた、ということだろうね」

「高級な料理ばかりを食べている感じ？」

「なるほど」

僕は、鈴葉の一言に大きく頷いて見せた。

「小説のようなものか」

何食わぬ顔で麻奈が、呟くように言った。

「肉でも焼こうか」

腰を上げて僕は、天幕へと潜りこんだ。前に老人から餞別にと譲り受けた野兎の肉を、取り出すためだった。僕らが寝入っていた隙に荷袋へと忍ばせておいてくれていたであろうことに僕が気づいたのは、彼と別れて暫く歩いてからのことだった。

僕は、横たわる裕奈と寄り添うように寝そべり、瞳を瞑った。数分も経たず、僕は半身を起こし、裕奈を見つめた。

いつか必ず来ると解っていた瞬間が来た、猫のように、いつの間にやら姿を消し去っていた、というだけのことかもしれない。

僕は、荷袋を引き寄せ、中を漁りながら裕奈に語りかけた。

「随分と長い道のりを、僕らは歩いてきたんだよね。子どもたちも、君も、本当にご苦労様だったね。山頂までは、あとどの位歩いたら着くのだろうかね。あと、少しだと良いな」

老人が差し入れてくれた兎の肉は、なかなか見つからなかった。

「人は、よく涙を流すけれど。源は、何処にあるのだろうね。僕は、源泉が心にあるような気がしているんだ。でも。だとしたらさ、心はどこにあるか、気になり出してね」

兎の肉は、まだ見つからない。

「次々と湧き出てくる、僕の中にある謎だってさ、涙や心と同じなのだろうね。考え出すと限りが無い、底なし沼のようなものかな」

確かに、兎の肉は荷袋に詰まっていたはずだったけれど、なかなか見つからない。

「君との約束は、何としても守るよ。僕らの想いで、君を満たしてみせるから」

ようやく確かに、兎の肉を荷袋から引き抜いて、僕は裕奈の頬や髪を撫でながら、しばしの間見つめ続けた。眠る裕奈が、炎のように揺らめいていた。

天幕を這い出てから、僕は兎の肉をナイフで切り分け、枝へと突き刺しながら、誰にともなく訊ねた。

「皆が起きた時、裕奈は眠っていたかい？」

「うん。まだ、寝ていたよ」

最初に鈴葉が応えてから、麻奈や圭も、静かに頷いた。

「起きたの？」

「え？」

麻奈が訊ね返してきて、僕は些か驚いてしまったようだった。咄嗟に微笑んで見せた。

「いや、まだ眠っているよ」

「疲れもなかなか、とれにくいだろうしね」

俯きがちに、圭が静かな口調で言った。

四等分した兎の肉を、僕はめいめいに差し出し、黙々と食べていた。麻奈が、おそるおそるといった話しぶりで訊ねてきた。

「お母さん、肉食べないかな」

僕は、残りの兎肉を頬張った。一度、大きく溜め息を吐き、瞳を閉じてから、三人を順に眺めながら言った。

「君たちが知りたいこと、僕が伝えたいことは、必ず教える。これから僕が話すことについて、黙って従って欲しいんだ」

いつになく神妙な面持ちを、全身全霊を以て見せたつもりだった。彼らは僕に応えるような視線を、僕へと向け続けていた。

「え？」

「どうしたのさ、急に」

「皆で手分けして、枝葉をかき集めてから、大きな穴を掘りたいんだ」

「穴？」

「枝葉って、今日もここで野営するの？」

「総ては、おいおい伝えるよ。裕奈が、まだ眠っているからさ」

「物音を立てたくない、ということかな」

「とにかく、お願いしたいんだ」

「別に、良いけど」

「僕と鈴葉で、穴を掘るから。圭と麻奈は、枝葉を集められるだけ集めてくれないか」

「解った」

訝しげに、首を傾げたり、眉を顰めたりしながら、圭と麻奈は散っていった。

「穴って、どの辺に掘るの？」

僕は跪き、何度も地面を掘りながら、柔らかそうな場所を探した。適当な場所の目星をつけ、鈴葉に指で示してから、僕らは無心に穴を掘り続けた。鈴葉は、何かを訊ねたいのであろう雰囲気を醸しながら、ただ黙々と、穴を掘り続けてくれていた。

圭と麻奈は、めいめいに抱えきれるだけの枝葉を集め、ひとところに置いては、また拾いにゆく工程を繰り返してくれていた。

「選ぶのは、選ばないことなんだよね」

「え？」

「何かを得たなら、何かを失う。人生とは、そういうもの、なんだって。ロクが昔、教えてくれたよね」

「ああ。人生は、生を受けてから死に至るまで、選択の連続だから。何かを選び得ると、同時に別の何かを選ばず失う。直線であろうが、曲がりくねろうが。人生は一本道だね」

「だから僕は、今、ここにいるんだ」

「施設にい続けることも、出来たけれどね」

「ロクたちが僕を、選んでくれたからさ」

「つまり。齢を重ね、人とめぐり逢うほどに僕らは、複雑に入り組んだ太い一本道を歩くことになる。支流を巻き込み、大河となり海へ辿り着く川のように。と、いうことかな」

穴を掘り進める僕の指先では、血が微かに滲み始めていた。休み休み怪我の無いよう、鈴葉に伝えた。枝葉を集め終わった圭や麻奈も、やがて穴掘りに合流してくれた。

「お母さん、結構寝るね」

「相当、疲れていたのかな」

「にしてもさ」

天幕を見つめ話す圭と麻奈の表情は、訝しげに傾いていた。

「起こしてこようか」

「いや、まだ良いよ」

鈴葉が立ち上がり天幕に向かおうとしたのを、僕は裾を摑み引き留めた。

「もう少し、穴を深く、大きくしたいんだ」

「こんなに大きな穴を掘って、どうするの」

「説明は、必ずするよ」

彼らに湧いている疑問が尤もで、説明をしなければならないと、解ってはいた。心の準備など、とうに出来ていたつもりだった。

僕が調えた気でいた心は、一陣の風にすらなびく。予め調えておくことなど、掬い上げた掌から、水を一滴も漏らさず溜め留めようとするのに近いことかもしれない。

どうやら壁は、僕自身の心だったらしい。

「やっぱり、起こしてこようよ」

「待って」

テントに向かおうとした圭の裾を引き、僕は立ち上がった。

「とりあえず、座ってくれないか」

僕が先んじて尻を掃い、丸太に座った後、三人も黙って腰を下ろした。

僕は、目を瞑った。風は、元気いっぱいに辺りを駆け続ける子どものようだった。

「君たちには、苦労と疑問を強いる道を歩ませてしまったね」

「旅自体は、楽しいんだけど」

「普通、ではないよね」

　麻奈と圭が顔を見合わせ話し、鈴葉は黙って僕を真っ直ぐ見つめていた。

「裕奈は、眠っているんだ。これからもずっと、眠り続ける。寝ているのではなく、起きることもなくね」

　三人が三人、表情は憮然としていた。何度も天幕を見遣っては、首を傾げ足元へと視線を移す麻奈。鈴葉は、空に息を吐きかけ続けている。小刻みに膝を震わせながら圭は、大地へと苛立ちを流しているようだった。

「裕奈との約束だったんだ。時が来るまで、何としても表に出さず、歩き続けると」

「無茶な約束だって、思わなかったの？」

「承知の上さ」

「僕らには、一言も無かったじゃないか」

「言えば鈍ると、解りきっていたからね」

「どうして？」

「裕奈は」

　言葉が、喉元で閊えた。

「母さんが、何なのさ」

「小説のような話さ。不治の病に侵され、余命幾許もないと解ったんだ」

麻奈の瞳からは、涙が伝い落ちていた。

「普通だったら、病院とか家とか」

「そうだね。沢山考え悩んだ末、今僕らは、ここにいるんだよ」

「歩くことさえ、辛かったんじゃないの？」

「床に臥して家族との最期を迎えたくないと願う裕奈が、頑として表に出さずいる中で。止めることなど、僕には出来なかったんだ」

「だからって」

「世間一般と僕ら家族との正解は、一致していないかもしれない。何が正解かなど、そもそも解りきった道も無い。歩くことでしか見られない景色を共に嚙みしめる道こそ、僕らにとっての正解に行き着くと。裕奈と僕は、信じて道を選ぶことにしたんだ」

「だからってさ」

「信じて決めた、と言っても。迷いはあってね。人の命は儚く、道の先で待つ何かを知らずに、僕らは今も歩き続けているんだ」

口を尖らせて、圭は俯いていた。静かに涙を流し続ける麻奈。憮然とした表情で、鈴葉は指で額を支えていた。

「もしも道の途中で命尽きるなら、家族の想いに抱かれながら天に召されたいと、彼女は言った。だから僕は、穴を掘ったんだ」

沈黙を挟み、恨めしそうな低い声で圭が僕を睨みながら言った。

「家で安らかな最期を迎えた方が、もっと永い時間を共に過ごせたかもしれない。お母さんとの時間は、僕らにだって大切なのに。僕ら抜きに決めるとか、おかしいだろ」

「散々考え、決めた後でさえ迷い続けながらも、今を選んだのさ。君らに怨み言をぶつけられると、覚悟の上でね」

「私たちが今感じている気持ちも、思った通りってことなの？」

「老人の言葉を借りるなら。僕らは、打ち上げ花火を選んだ、ということかな」

「どういうこと？」

「打ち上げ花火も、線香花火も。いずれは、終わりを迎えるけれど。花火大会と聞いて誰も、線香花火の大会だとは思わない。一本の線香花火を、皆で見つめ続けている光景なんて、想像するだけで淋しさ侘しさばかり感じるのは、僕だけで無いはずだ。裕奈と僕は、線香花火の良さを知りながらも、たとえ短くとも盛大で、印象に強く残る打ち上げ花火を選んだんだよ。何かを得たならば、別の何かを失うという、理に則ってね」

話し終えて暫く、天を見上げながら僕は、三人の言葉を待った。近くで啼く鳥の声を探し当てた。お腹の黄色い小鳥が、辺りを見渡すように首を振っていた。

「何より今は、裕奈を弔うことに、集中したいと想っているんだ。僕は、生きている。不満なら、いつでも聴くことが出来る。でも、裕奈を弔うことは、今だからこそ出来る、唯一無二の時間なんだよ」

炎が弾き、風が揺らす、枝の音ばかり聞こえてくる。僕は立ち上がり、再び穴を掘り始めた。一人黙々と掘り進めていると、少しして鈴葉が、次いで麻奈も、再び掘り始めた。

「ありがとう」

「お母さんのため、だもんね」

僕は、天を仰いだ。雨は降っていないけれど、頬を一筋の雫が伝い落ちていった。

圭は、少しの間独り、離れた何処かへと歩き去って行った。やがて戻り、腰を屈め穴を掘り始めた。言葉を発することは無かった。

穴を掘り続けて、どれくらいの時間が経っていただろう。頬の湿り気を掃うような一陣の風が、天幕の方から過り、去って行った。

僕は、風の吹き去る姿を目の当たりにしたような気がした。風が揺らした枝では、二羽の小鳥が羽を休めていたらしかった。枝を発ち、僕らの頭上を旋回するように飛び去っていった小鳥たちの淡く鮮やかな黄色い腹が、白雲浮かぶ青空によく映えていた。

「迷うことでしか見られなかった景色も、迷わず歩めば見損なっていた景色も、確かにあるもの、なのだろうね」

遠くへ飛び去って行く小鳥たちの姿が見えなくなるまで、僕は眼で追い続けた。

「迷わず歩いていれば見られたかもしれない景色だって、あったかもしれないけどね」

真剣な顔で返してきたのは、麻奈だった。

「人間は精を出している限り迷うもの、だから。迷うか迷わないかですら、僕は迷ってしまう。迷わないで良いものだろうか、とね」

「普通は、山に登ろうとなんか、想いもしないものなんじゃないのかな」

　圭の口調は、低く静かだった。

「天寿を全うしようと命燃やす人もいる。伏竜鳳雛と云えど、道は邇きにあり。始めを原ねて終わりに反るは、習い性と成るに等しい。ということなのだろうね」

　僕は、自ら言い終えて失笑を禁じ得なかった。我ながら暗号じみているように思える文句を、三人が如何に受け取るか、僕は掘り続けながら静かに反応を待った。

「お母さんって、やっぱり偉大だね」

　長い沈黙を破ったのは、麻奈だった。

「お父さんの言葉が解るのは、お母さんのおかげだったんだと思う」

「確かに。言葉を噛み砕いてくれたり。二人のやりとりで、何となく解っていたような気はする。難し過ぎるんだよ、言葉がさ」

　言い終えた圭は口角を上げて、再び淡々と穴を掘り続けていた。

「要するに、ね。僕らが歩む道は、一つで。一歩ずつ歩むしかない、ということさ」

「二を伝えるのに三も五も伝えようとして、一すら伝わらない感じだよね」

　僕は、深く呼吸した。呼応するように、風が枝を揺らしたようだった。

「僕らの時間は、まだ終わっていない。僕の言葉が、今の瞬間でのみ活きて欲しいと願ってもいない。僕らはね、裕奈の想いも内に秘めながら、生き続けてゆくんだよ」

穴はもう、十分に大きく、深かった。

「裕奈のことを、君たちはしっかりと考えてくれているようだね。だからこそ、各々がしっかりと、考えを持っているわけだろうし」

「当たり前じゃん」

「ありがとう」

「何が？」

「当たり前のことを、当たり前に想ってくれている三人であってくれて、さ」

僕が微笑みかけると、三人は呆気にとられたように口を拡げ、首を傾げていた。

「何かさ、凄いよね」

圭は、気の抜けた笑みを浮かべていた。

「何がだい？」

「総て、気持ちまでも見透かされている、というかさ。踊らされている、と言うのかな」

「職業柄か、言葉の一つ一つが、どんな受け取られ方をするのか。常に想像し、意識して発してきたから。癖になっているのかな」

「心持ちまで導かれている、ってこと？」

「導いてなどいないよ。幾つかある選択肢の中で、ただ偶々、今の君たちが抱く感情に近しい想像もしていた、というだけのことさ」

三人は、何も言わなかった。丸太に腰を下ろし、黙って空を見上げたり炎を見つめるなどしていた。僕は、天幕を潜った。

鞄からナイフを取り出し僕は、裕奈の腰元に座って、手を握りしめた。

「裕奈。これからも僕の中で君は、僕と共に見て、感じて、想い、味わい続けるんだ」

僕は、裕奈を抱きしめ続けた。嗚咽を精一杯堪え噛み締めながら、タオルで全身を拭い清め、天幕の門を開け放った。

僕の両腕の中で眠る裕奈は、想像していたよりも遥かに軽かった。

「さあ。お別れの時間だ」

裕奈を穴の中に横たえ、僕は天を仰いだ。

「今から僕らは、裕奈の亡骸に土を被せる。先にも伝えた通り、僕は彼女を、僕らの想いで包み包んであげたい。僕は、裕奈に被せる土一粒毎に想いを込めることで、弔いとするつもりでね。願わくば三人にもさ、裕奈への想いを込めて弔ってやって欲しいんだ」

僕は、土を諸手で掬い上げては眉間近くに寄せ、裕奈の上へと流し被せた。

麻奈、鈴葉、圭と、順に彼らも膝を折り、土を裕奈へと被せていった。僕を含めて誰一人として、土を被せている間じゅう、言葉を発することはなかった。段取りを予め決めていたわけでも無かったけれど、皆が揃って、顔を覆うことを躊躇っているようだった。顔以外の殆どが覆い隠されたところで、涙で潤んだ声で麻奈が口を開いた。

「お母さん、本当に」

噤んだ先に続くだろう言葉を、何となく想像することができた。僕は、下唇に力を込めて、ゆっくりと一度頷いて見せた。

「今ならまだ、間に合うかもしれない」

「悲しきを悲しみ、痛みを痛む。生きている人間が表すことの出来る姿を、裕奈はよくよく見せてくれていただろう？」

かくいう僕も、尻込みしていた。時よ戻れと、音なき声に耳を傾け叶えてくれる何者かなどは、いるはずもないのだった。

掬いきれないほどの土を諸手で天に掲げ、頬を伝う涙を自覚しながら僕は、裕奈の顔へと流し落とした。絶え間なく降り注ぐ土群れによって、裕奈の顔は、見えなくなってしまった。嗚咽たちが、大きく聞こえた。

「もっと永く、一緒に居たかった」

「父さんは、止めるべきだったんだ。普通に病院で治療していれば、まだ一緒に笑い合えたかもしれない。まだ一緒に、いたかった」

麻奈と圭が、続けざまに言った。

「そうなのかもしれないね。けれど僕は、間違っていないと、何度でも言い切ってみせるよ。もとより、覚悟の上だったのだからね」

「覚悟の上？」

「子どもたちを余計に悲しませることが？」

「僕と裕奈、二人で選び決めたことだ。遺される僕らより、遺して去らなければならなかった裕奈の想いを、僕は何より重んじると心に決め、歩む道を選んだ。選び歩んだ道の先に、今がある。恨み辛みなら、幾らだって甘んじて受け留めよう。選ばず歩まされた君たちが抱く、恨み辛みを受け留める責任が、僕と裕奈にはある。裕奈の分まで一身に引き受けると、僕はもとより、覚悟していたんだ」

兎を追い詰める獅子を想像しながら僕は、鋭く強い眼差しを三人に向けた。

三人は、口を噤み固まった。思えば、圭が涙する姿を、久しぶりに見たかもしれない。

「僕は、決して後悔などしない。共に生きていると実感しながら、裕奈は逝くことが出来たのだからね。病室のベッドに横たわり、薬漬けにされながら、ただ死を待つだけの時間を垂れ流すより。悶え苦しもうとも、痛みや苦しみさえも、生きているが故の実感であると自らに言い聞かせ、共に歩き続ける道を、僕と裕奈は選んだ。望むのならば、何度でも言おう。僕と裕奈とで共に作り上げた打ち上げ花火は、見事咲き乱れた。閃光のように眩く煌めいて、僕の命が尽きるまで、褪せることなく心を彩り続ける。どれほど腕の立つ花火職人であっても太刀打ちできない、唯一無二の打ち上げ花火を、僕らは打ち上げることが出来た。裕奈の隣で道を選ぶことが出来たことは、後悔など付け入る隙も無いほどに、僕にとって至高の僥倖である、とね」

固まる三人を横目に、僕は裕奈の顔を覆う土を被せ続けた。あと少しで覆い包みきるといったところで、麻奈や鈴葉も手を動かし始めて、圭も次いで、土を掬いだした。

「でもさ。後悔しないだなんて、よくもそこまで強く言い切れるよね」

「しようと思えば、いくらでも出来るさ。常に考え、最善を想い、迷い悩みながら、今まで歩き続けてきたんだ。未練はあっても、後悔など付け入る隙の無いくらい、僕たちは、真っ直ぐだったたからね」

　未だ釈然としていないような面持ちで、圭は唇を尖らせていた。

「僕にとっての正解が、君たちにとっても同じく正解であるとは限らない。僕と君たちとでは、同じ道を共に歩いたとしても、見える景色や味わう感覚が、違って当然なんだ。僕らが歩むのは、一本道なのだからね」

「つまり？」

　麻奈に脈々と受け継がれる裕奈の血を、確かに僕は感じた。

「僕ら人間は、兎をして月で餅をつかしめ得る種族であるということさ」

「どういうこと？」

「僕らは、想像する。月にいるはずの無い兎が、餅をついていることを、はたして誰が、いつ初めて想像したか、解らないけれど。事実でないと解りながらも、大人になった僕らは、月で兎が餅つきをしていると、子どもに言い聞かせて。子どもたちが大人になり、また次の世代へと語り継いでゆく。そうして僕らは、生きてゆく中で、数多の事実と、事実にまつわる無数の幻想に出逢い、記憶を積み重ねてゆく。積み重なった事実と幻想の数と種類が、僕と君たちとでは、違うから。僕らは今、同じ山道で、同じ光景を見ながら歩いているけれど。同じ一つの光景に、同じではない景色を、僕らは見ているはずなんだ」

「お母さんも、ってこと？」

「君たちにとって、裕奈は母親だけれど。同僚や恋人、妻と。君たちのお母さんになる前から、僕は裕奈と共に歩き続けてきたんだ」

暫く黙っていた鈴葉が、徐に口を開いた。

「大人になれば解る、って。よく聞くけど」

「大人になれば解るのか、解り始めて大人になるのか。鶏と卵の話みたいだけれど。過去と未来を想いながら、人は今を生きてゆくもので。今の僕と君たちとが、全く同じ景色を想い見ることは、君たちが僕や裕奈の人生を追体験するようなものかもしれないね」

ぼんやりと空を見上げていると、鈴葉が僕を不思議そうな面持ちで見つめて言った。

「前にも、同じような話をしていたよね」

「そうだったかな。まあ、そうか」

僕は、視線だけを空へと向け、少し考えてから、二度ほど頷いて見せた。

「日常は、変わらない毎日の積み重ねだからさ。飽きることもあるけれど、いつか、変わり映えしないことに、感謝を覚える日が来るかもしれない。明日というのは、未来にしか無いだろう？」

現に彼らは、歩き、穴を掘ってくれた。今を選んだことに意味はあったのだと、僕は誰にともなく深く息を吐いて見せ、勢いをつけて立ち上がった。太く立派な枝を、先ほどまで穴だった地面へと突き立てた。

我ながら手際よく野営を撤収し、僕らは目指すべき頂を求めて再び歩き始めた。

僕らは風や樹々、鳥たちの啼く声に耳を傾けながら、黙々と歩き続けた。

唐突に沈黙を破ったのは、鈴葉だった。

「物語に喩えるなら、どんな話なのかな」

「物語って、何を？」

「今の、僕らかな」

振り向いて見つめた鈴葉の表情は、神妙だった。前を向き直し、僕は天に息を吐きかけつつ歩き続けた。

「妻あるいは母が、不治の病を患い、遺された時間を悔い無く家族と過ごす道として、山を選び、一家で歩き続けた。ヒューマンドラマとするならば、ありふれた題材、なのかもしれないね。映画や小説の題材になるということは、少なからず似たような道を辿った家族が、何処かに在るのかもしれないし」

「私たちだけが特別ではない、ってこと？」

「虚しいな、何か」

「僕は、僕で。裕奈は、裕奈で。君たちだって、他にもう一人の君たちがいるはずもないだろう。唯一無二な五人が、家族として歩き続けたからこそある今は、間違いなく、かけがえのないひと時であるわけだから。僕らの今を物語に喩えるなら、ありふれた唯一無二の物語、といったところではないかな」

言い終えて僕は、何処からか湧き上がってくる可笑しさを堪え切れず、鼻から溢れ出してしまった。

「今、僕らはね。ありふれた唯一無二の、家族旅行をしているんだよ」

「温泉とか遊園地とかも、行きたいよね」

「遊園地、良いね。私、行きたいな」

「沢山、色々なところ行けたら良いけど」

「頑張らなきゃ、色々とね」

「まずは今、山頂に着きたいところだね」

「そうね。頑張らなくちゃ。頑張ろう」

麻奈と鈴葉は、互いに励まし合うような会話を繰り広げていた。

唐突だった。突然開けた視界に僕は、山頂に着いたのだと悟った。大パノラマと呼ぶに相応しい、何ら遮るもののない眺望。

打ち震えると言い表され得るであろう感覚を実感しながら僕は、立ち尽くし涙した。

残されていた道のりは、僅かばかりに過ぎなかったのだ。

「大地は、つくづく広大なものだね。総てがつながっていることなど、忘れてしまいそうなくらいにさ」

僕は、三人を横目に流し見た。三人が流す涙の奥には、どんな想いがあるのだろうか。

「世界のどこかには、四歳から大人の助けを借りず自力で生きてゆく社会が存在しているらしくてね。教育をはじめとして、大人が押し付ける何ものもなく、自由なごっこ遊びから子どもは、生きる術を身につけてゆくんだそうな。自らの足で歩き、手で触れ、目で見て、耳で聴き、心で感じたものだけで成り立つ世界の中で生きる彼らは、何を想い、生きているのだろうね」

僕は、かつて読んだ本に綴られていた少年少女の逸話を思い出していた。おそらく、明らかな自覚の無いところで、今僕らが奥深い山の頂に立っている遠因の一つとなっているであろう逸話だった。

空の青、雲の白、葉々の緑、幹枝の茶や、鳥の腹の黄。風に揺らめく鮮やかな彩りたちが瞳へと収束され、奥で再び広がってゆく。

瞳は、実像と心象のくびれだ。

「登り切ったんだよね、私たち」

「見えている中では、少なくとも一番高そうだし。登り切ったんじゃないかな」

「何だかさ、長い道を歩いて辿り着いたはずなのに。想像とずれていた、って言うか。今一つ、実感が湧いてこないんだよな」

「何なの、想像とか実感、って」

「何と言うか、何とも言えないというか」

「幻想と現実は、違うものかもしれないね」

「鈴葉って、大人よね」

「何が大人かなんて、僕には解らないけど」

「そうやって、一歩ずつ先を行っている感じがさ。何か、大人だなって」

「父さん、どう思う?」

少なくとも僕の前では、久しぶりだった、堰を切り流れるような子どもたちの会話に、すっかり聴き入っていた。まだ暫く、僕のフェイズなど来ないと思っていた。

「僕は、ね。大人が何か、僕が大人か、解らない。大人と呼ばれるに相応する経験を積んだ、ように見える年齢ではあるけれどね。子どもと大人は、水のように、隔てる境目が曖昧で、視る角度によって、違って見えるものなのかもしれないと、感じてもいる。大人と見れば大人で、子どもと見れば子ども、であると、言ったところかな」

「言葉を多く知っているし、使えるよね」

「多く知っている、からこそ、限りがあるとも知っている。言葉が、心の総てを伝えきりやしないと、僕は、知っているんだ」

「総てを伝える、か」

「考えたことも無いけど」

「だからこそ、言葉を多く知りたいとも想って、僕は言葉を扱っているけれどね」

僕の口から出てくる言葉は、氷山の一角に違いない。僕の氷山が、どれ位大きいか、あるいは小さいか、僕自身測り得ない。氷山が総て融けて、水へと変わることがあったとしたなら、どうなってしまうのだろうか。決してあるはずのない想像に、大きく膨らんでゆく氷山の軋む音が、僕には聴こえた。

樹々が、風で押し合いながら、幹を軋ませている音だったかもしれない。

氷山と樹々とが、共に鳴いたか。

「今、確かに僕らは、風に触れ、世界と繋がっている。風に揺られ擦られる葉々を見て、風の涼しさを感じる。風に流れる時を想いながら、風が運ぶ大地の彩を味わう。まさしく僕らは、今ここで、生きているんだ」

「お父さんの感じている何かを、私も、感じてみたいけど。何か、よく解らない」

「世界が何かも、解っていないのに。繋がっているかどうかなんて、感じようも無いし」

変わり映えしない日々の繰り返しは、生きることにとって、総てでないにせよ、大半を占めることも確かで。日々の中で起こる出来事は、似通った何かに手繰り寄せられ、ぼんやり分類された記憶を彩り肉付けしてゆく。雪原を転げながら膨らんでゆく、雪だるまのように。結晶一粒に眼を凝らさなくても、雪だるまであることは、一目瞭然なのだ。小麦粉だるまである可能性など、疑いもしない。

「僕がいる世界について、僕もまだ、解ってなどいないけれど。君たちは、僕ら家族以外の社会にも、遅かれ早かれ、属することになるだろう。自由なごっこ遊びが、生きる上での総てを教えてくれる社会でないことは、確かだからね。せめて、浸かりきってしまわぬうちに、これから足を踏み入れる社会の外側を、一度でも共に立ち味わいたかった。とはいえ、僕たちのわがままに、君たちを付き合わせてしまっているから。とどのつまり、僕らもまた、同じ穴の狢なのだろうけれどね」

堂々めぐり、なのだろう。子どもたちへと、臭い説教を延々と続けていること自体、どっぷりと僕が、外圧であることに浸かり慣れてしまっている証なのだ。

自由なごっこ遊びから、生きる上での総てを学び得る力を備え持つ子どもにとって、求められてもいない何かを伝えることは、自ら学ぶ力を損なう外圧に他ならない。たとえ血を伴う刃であったとしても、生きる術として要るか要らぬか、遊び学ぶ子ども自身が決める社会に、僕らは生まれ出でなかった。せめて、これから生きる社会を、自ら選び立つ力さえと、願うことすらもまた、だ。

「つくづく、人間は精を出している限り迷うもの、なのだろうね」

どうやら僕の口は、決壊した堰堤のようだった。少なからず、うざったく感じているであろう彼らの眼差しに、後ろ髪引かれながらも、どういうわけか、僕は語らずにいられなかった。僕自身を憐れみながらもまた、語ってしまう姿が想像できてしまった。

何故であるか、僕は察しがついていた。

「前にも、言っていたよね」

「そうだったかな」

「総てを覚えていられる自信が無いな、私」

「本を一冊読みきっても、余りあるくらい、言葉に満ち溢れているよね」

「覚えておこうとしなくても良いんだ。共に歩き、山の頂を今見ていることこそ、確かで大切なことなのだろうからさ」

「でも、さ。何かを伝えたくて、言葉にしているんだよね、お父さんは」

「言葉は、聞く人がいるからこそ話し得る。今見ている風景について、写真が総てを物語りはしないものだし。僕の言葉は、君たちよりもむしろ、僕自身に言い聞かせているようなものかもしれない。少なくとも僕は、教え教えられる社会に生まれ育ち、今を生きているから。聞くことに慣れて、語らずにいられないのか。何かを、紛らわしているのか」

言い終えて僕は、瞳を閉じた。腹の奥まで吸い込んだ空の一部は、清々しかった。

「いつだったか、狼に育てられた少年の話を聞いたことがあったんだ」

何食わぬ顔で呟くように、鈴葉が言った。

世界は、彩りに満ちている。色の名を教え教わらずとも、僕や彼らは、彩りに満ちた世界を知り生きてゆく。はたして、知ることは僕らに、何をもたらすのだろうか。

「自ら遊び学ぶことで育つ力があるにもかかわらず、人は言葉や道具を発明した。他の種族が発する音にすらも意思の疎通を連想するのは、今や当たり前に言葉と意思が存在しているからこそだろうし。言葉が、人間という種族を保つ上で大きな役割を果たし続けてきたことは、間違いないだろう。と、まあ。歩き見た景色も、学び得た知識も、触れ抱いた感情だって。言葉は、一度落ちた心の泉から湧いて出たものだから。吾思う故に吾在り、と、デカルトの名句を僕が発しても、青と青緑くらいには、違いがあるものだろうね」

言葉は、経験の総てを伝えない。余すところなく詳らかに、僕が見る世界の総てを展べ示す術など、僕は持ち合わせていない。

国破れて山河在り、城春にして草木深し。杜甫の詠んだ春望の詠い出しが、突風のように過っていった。

樹々など遮る物の無い頂は、得てして強い風が吹き荒ぶ。眼下の樹々を波打つように揺らしながら、風は去っていった。

「僕らも、風と共に去ることにしようか」

山頂を後にして僕らは、元来た道を下り歩き始めた。後ろ髪を引かれていたのは、僕だけであっただろうか。

いつかまた僕は、たとえ独りでも、頂の風景を観に登る。僕は、生きねばならない。

下りの山道は、登っていた時よりも颯爽と過ぎ去っていった。まるで山が、あるいは他の何かが、何かから逃げているようだった。

樹々や鳥たちの啼く声ばかりが、時折耳を過ってゆく静寂の森。感情や思考をとりとめなく湧かせては沈み落ちてゆく、底なし沼のように思えた。

いっそのことと、不覚にも脳裡を掠めてしまった。かつて雪山を登っていた時に湧いたのと似た感覚だった。敢えて苦しい道を選んだ先に待ち受ける何かが見たいから、僕は山を登り続けてきたはずだった。

生に縋りながら死への投身を想ったり、笑顔を見せながら心で泣いたり。僕もまた歴然たる人間である、ということだ。

「昔僕は、一番星と北極星を同じものだと思っていたんだ」

不意に僕は、想ったまま言葉を発した。

「北極星って、何？」

「一番星も、聞いたことはあるけど」

鈴葉と麻奈が、少しの沈黙を挟んで、続けざまに問い返してきた。

「僕も、何かしらで言葉を知り、何となく解った気でいたけれど。北極星と一番星は、同じだと覚えていて。よくよく考え、ちゃんと調べてみればさ。違って当然であるはずなのにね。北極星と呼ばれる星が、長い歳月をかけて移ろうものなのだと、あるいは、一番星が金星のことなのだと。知る前と後とで、星空は違って見えるものなのだと、知って初めて解ったんだ」

「何かしら？」

「何かしら、だね」

「何かしら、かあ」

「何かしらって、何かしらね」

僕ら三人の畳み掛けるような応酬を静かに聞いていた圭が、鼻で笑って言った。

「何かしらって何かしら、とか」

「要するに、僕はね。こうして共に歩いてきた日々が、僕あるいは君たちの中で、どんな色の思い出となるか、今から楽しみで仕方がない、ということなんだよ」

「要するに、って。間が解らないけどね」

「僕らは、自分の足で歩き、目で見て、耳で聴いて、肌や口で味わい続けて、今ここに、立っている。頂に立って見る景色に見惚れることが出来る。哀しみを抱きながらも、君たちと語らい、微かながらもまた笑うことが出来る。僕らは今を生き、未来も生きてゆく。ありがたき幸せを、想うことが出来るんだ」

思えば、彼らが文句を言わず歩き続けてくれているというだけで、僕にとっては、ありがたいことなのだ。

僕や裕奈と彼らは、幾度か一緒に山を登った。彼らも、知っているのだろう。登り終えた山から家路につくため、下り道を歩かなければならないということを。

過去は現在へ、現在は未来へと、収斂されてゆくものなのかもしれない。さしずめ、僕らの未来は、どのような形で収斂しているのだろうか。

つくづく言葉は、自分以外の誰かがあってこそあり、愛と呼ばれる何かしらは、多少なりとも狂気を孕むものかもしれないと、考えるほど僕は、暗闇の繁る深い森へと迷い込んでゆくような感覚に見舞われた。

光が届かない奥深い森を歩いた時に抱く感覚も、その先で待ち受ける満天の星も、僕らは確かに肌で味わうことが出来た。

そして今僕らは、登り切った山を下っている。登っていた時に見落とし気付いていなかったらしい光景が、アンコールまで含め総てのプログラムを演奏し終えた瞬間のコンサート会場に満ちる空気感と似た何かしらを、僕に連想させた。

僕らの短くも長かった家族旅行が、終わりを迎えようとしている。未だ終わらぬ旅の行く末に、僕は何を為して辿り着くだろうか。

僕は今、迷っている。

＊

僕は今、迷っている。思えば僕は、迷いに満ちた道を歩き続けてきた。

僕は今、座っている。テーブルに置かれた蜜柑たちが、まだ枝に実を結ぶ果実であった頃、彼らはたわわだったのだろうか。

蜜柑の樹の生き様に想いを馳せながら、彼らが扉を開き入ってくる時を僕は、心待ちにしていた。

十五年という歳月は、どんな実を彼らに結ばせたのだろうか。彼らの今という果実にとって、僕と裕奈は、僕らと彼らが共に過ごした時間は、水か陽射しの役割を、一滴ないし一筋ほどでも、果たし得たのだろうか。

写真に見る裕奈の笑顔は、相変わらず若々しく美しかった。我が血肉へと融け合った一輪の薔薇は、はたして何を想うのだろうか。

言葉は、総てを画定しないはずなのに、何故翻弄されてしまうのだろう。幸せという言葉が流布する世の中にあって、災害や不治の病、資産家の相続争いやら。月に数百万稼ぎながら満ち足りない人がいれば、大災害に見舞われてなお懸命に前を向く人もいる。

幸せを願い、翻弄されて、求めるほどに遠ざかる。ハリネズミのジレンマとでも喩えるべき性から僕らは、いかにして足を洗い得るのだろうか。

いつもの如く取り留めもない空想に耽っていると、チャイムが鳴った。鍵と扉の開く音が聞こえて間もなく、近づいてくる幾つかの足音が耳に入ってきた。

「ただいま」

「おかえり」

「久しぶり」

挨拶を交わしながら、三人はそれぞれ、奥の部屋へと向かった。仏壇のある部屋へと、彼らは向かったのだろう。高く澄んだ鈴の音が聞こえたかと思えば、煙の香りがほのかに沁み入ってきた。

煙の後を追うように、彼らも再び居間へと入ってきて、それぞれ椅子へと腰掛けた。

「ありがとう、鈴葉。迎えに行ってくれて」

「いや。何があるってわけでもないし」

「休みとるのだって、大変だろう」

「大変とか、別に大丈夫だよ」

「圭とか麻奈も、ありがとう」

「家族ってさ、皆一緒なんだと思う。少なくとも私は、来たいと思うから来ているよ？」

「麻奈だけじゃないさ。父さんの嫁さんも、俺たちの母さんも、独りだけだろう？」

「不思議なんだよな、そこがさ」

「何が不思議なの？」

「十五年。僕たちが成人してからでも、五年以上は経っているだろう？」

「鈴葉が来てからは、もっとね」

「そういう話ではないけど。再婚について、周りから話とか、気持ちがあっても、不思議ではないと思うんだよね」

「まあ、確かに」

三人は、僕に視線を向けてきた。僕は、笑みを浮かべながら、訊ね返した。

「君たちは、僕に再婚して欲しいのかい？」

「まさか。でも、父さんの人生だろう？」

「だからこそ、僕は再婚をしていないつもりなんだけれどね」

「再婚をしたって、母さんを愛していないことには、ならないと思うけど」

仏間へと一度視線を向けてから、僕は両腕を後ろ頭に組み、天井を仰いだ。

「とある街を、夜に車で走っていたらね。遠い空に浮かぶ光の群れを見たんだ」

麻奈は首を傾げ、圭の眉間に皺が寄った。僕は、我ながらわざとらしく笑った。

「唐突なオカルト話ではなくてね。幾度となく、明るいうちに通ったことのある場所だったから。高台になった丘の上にある街並みであると、僕はすぐに察し得たけれど。知らない幼子が、同じ光景を目の当たりにしたら、唐突なオカルトを連想するだろうか、と考えたならね。地繋ぎだと知ることで、生まれ得た空想の芽を育む土壌を失ってしまったように感じられて。多くの場合に子どもは、大人より多くを知らない。だからこそ、空想を得る多くの機会を損なうことなく持ち合わせている。当の子ども本人は、芽に気付かぬまま、為されるがままに学び知ることで、芽を摘まれてしまう場合が多い。周りの大人たちも、彼らの芽に気付かず、気付いたとしても重んじることなく、摘んでいることが往々にしてある。気付くことで花開く芽もあれば、萎んでしまう芽もある。今僕は、彼らの芽が自然発露できるような支えになりたいと想いながら、残り僅かな仕事生活を送っているんだ」

三人とも、神妙な面持ちで俯きがちに顔を向けてきているが、誰よりも真っ直ぐ僕に視線を向けてきているのは、鈴葉だった。

「瞳を閉じて、想像してみて欲しい。君たちは今、標高一九〇〇メートルほどの山を登っており、八合目と九合目の中間ほどの登山道に立っている。樹々が遮っていたはずの視界が拡がってゆくにつれて、歩く幅も大きくなってゆく。九合目の看板を通り過ぎて、ふと後ろを振り返った時、三つの海の中に立っているのだと、君たちは気付く。溢れる命が生い茂る緑の海。燦々煌々と輝く太陽が遮るものなく照らす深く澄んだ青空の海。稜線や頂で今立つ者が空の上にいると知らしめる白い雲の海。眼下に雲海の広がる山頂から僕が撮影した写真が、僕の心を揺さぶるのは、実際に僕が見た瞬間の感覚を想い起こすからなのだろうし。一枚の写真を共に見て、見え方や心の動き方が違うのは、当然だけれど。共感を取り繕って示してくる人に、寄り添っていて欲しいとは、どうしても想うことが出来なくて。相手を想い取り繕うばかりいて、己自身が空しい人が、哀しいかな、少なくとも僕の周りには多いらしい。仕事上の付き合いからだけでも、逆説的に僕は、裕奈だけ想っていられる幸福を、熟々沁々と、噛み締めてきたし、今後も変わらないだろうから。再婚など毛頭、想い及びもしたことが無いんだ」

話が終わったと解ってか三人は、深く息を吐き落とし、気の抜けた笑顔を見せていた。

「凄い話を聴いた気がするよ」

「お母さんを、今でも変わらず深く愛していることは、よく解ったかな」

「健在みたいだね、ロク節は」

「ロク節?」

「よく言っていたんだよ、鈴葉が」

「そうだったかな」

「そうさ。父さんの言葉は、霞がかったように、ぼんやりとしていて。解ったようで、解らない心地になるからね」

「ただでさえ言葉は、世界を細かく切り取ってしまうものだろう?」

確かに僕は、嬉しい驚きを感じていた。十五年という歳月が為せる業に、感謝せずにはいられなかった。

「麻奈は、ともかくね。圭は、来てくれないかもしれないと思っていたんだ」

圭は腕を組み、天井を見上げ、深く長い息を吐いてから、重たげな口調で言った。

「迷いは、まだ無くもない。でも、十五年という歳月が流れたのは、確かなことだから」

第二の誕生を祝う春の風を浴びていた彼らは、ありふれた反骨を露にしなかった。誰しも通る僥き子ども時代を彼らは、傍目にも健気に生き抜いていた。

愛する母とのひと時を、予兆予告もなしに奪い去った父親。きっと彼らにとって、少なからず僕は、憎しみを抱くべき存在であるはずなのだ。

「何はともあれ、君たちが今、三人揃って僕の前にいる。ありがたく、嬉しいことだ」

僕は立ち上がり、台所へと向かった。四杯のお茶を注いで、再びテーブルへと戻った。それぞれの前に茶碗を差し出し、僕は椅子へと腰を下ろし直した。

「何か、お客さんみたいだね」

「君たちは紛うことなく、もてなされる客人だよ。社会に巣立った我が子らを、法事でもてなす。家族なる器には、総てと言わないまでも、ある程度の枠へと収斂させ得る力があるらしい。僕は、六南緑という名を、両親にとって長男としての役割を、生まれてすぐに与えられた。時と共に、幼児、小学生などの肩書、誰かの友人、部活動や生徒会活動という役を宛がわれ。成人し就職した後では、一個の法人職員というだけでなく、社会の中の一個人として振る舞うことを求められるようになった。人生とは、壮大なるままごと、なのかもしれないね」

　僕の手で握られた茶碗が左右へと揺れ動くたび、漆塗りの滑らかな堰堤から溢れ出さんばかりに、茶は波を打っていた。

「人生は、ままごと？」

「ロールプレイングゲームや演劇に言い換えることも出来るかな。全身全霊を以て、何かしらを演じ続けることが人生であるとすら思えて、時に虚しくなるんだ」

「教師と生徒、店員と客、親と子、大人と子ども、経営者と労働者。日々の中でありふれた関係性の多くは、ごっこ遊び？」

「断定はしないけれど。そうも感じられながら、僕は明日もまた、職場へと赴くわけさ」

　少しの沈黙を挟んで、啜った茶碗を見つめ下ろしながら、圭が静かな調子で言った。

「やっぱり父さんは、変わっているよね」

「そうかな？」

「誰かをもてなしている、まさにその時に。もてなす相手に、もてなすとは何か、みたいな問答を投げかけるとかさ」

「まさにその時感じた何かを、伝え分かち合うことこそ、言葉の真義であって。言葉は、壮大なままごとの心髄でもあるからね」

「心髄？」

「ごっこ遊びで用いる遊具の一つにして、それなしに遊びが成り立たないほどの核心とすら言い得る代物、ということさ」

「僕らも、言葉も、世界も。総ては、壮大なるままごと、なのかな」

静かに訊ねてきたのは、鈴葉だった。

「そう想えば、世界とすら繋がっていると感じられる気がするんだ。君たちをもてなすのは、父親としてか、六南緑としてか。鈴葉と僕の間には、血の繋がりこそ無いけれど。法制度によって、社会的に家族として認められている。おそらく、家族を画定する血縁以外の要素総てを、僕と鈴葉とは共有しているだろうけれど。圭や麻奈の父親、鈴葉の担当、六南緑そのもの。流れる時も含めて、僕が演じる役たちが幾重にも関わり合うことで、一つの事象へと行き着くのだろうね。僕は今、確かに君たちをもてなしているんだ」

僕の話が終わって間も無く、呼び鈴が鳴った。インターフォンの画面には、寿司屋の店員と思しき身なりの若者が映っていた。

「誰か、寿司を注文したのかい?」

「そうそう、私が注文しておいたの」

徐に立ち上がった麻奈は、インターフォンの応対から、受け取りテーブルに置くまで、卒なく熟していた。雲丹や鮑など、特上と思しき大きな器だった。

「十五年か」

「私たちだって、大人になったんだよ」

「そのようだね」

「今日という日は、きっと、私たち家族にとって、一つの節目になるはずだから」

麻奈は、鈴葉に眼差しを送った。僕は、麻奈の眼差しを追うように顔を右へと向けた。

「父さんが言ったように、さ。今まで僕は、皆と血の繋がりが無かったんだ」

「ん？」

僕は、口許に人差し指を宛がい、眉間に皺を寄せた顔の重みを肘で支える形になった。

「含みがある言い方だな」

どうやら圭も訝しく想っているようで、交互に麻奈と鈴葉に視線を送っていた。

僕の脳裡に、憶測が一つ浮かんでいた。

「何かしら、思いがけない告白をされそうな気がしているんだけれど。間接的にでも、鈴葉が僕との間に血の繋がりを交わす方法は、一つだけあるよね、確かにさ」

僕は、鈴葉と麻奈、順に視線を送り、茶碗を呷った。二人の目は大きく開かれ、互いを見合っているようだった。

「正直、今まで気後れしていたんだけど。認めてくれるなら、堂々と、お父さんと呼ぶことが出来ると思うんだ」

「お父さん、駄目かな？」

麻奈と鈴葉が向けてくる視線は、歪みや澱みなく真っ直ぐだった。圭も、僕やら彼らやらへと、視線をかわるがわる向けていた。

「今まで兄だった鈴葉が、麻奈の夫、俺の義弟になる、ということか？」

「特殊と一般の明確な境目が、僕には解らないけれど。平均的な家族像があるとするなら、きっと僕らは遠くにいるだろうし。断るにも今更な上、何より、理由が無いかな」

「認めてくれる、ということ？」

「手続きとか、大変じゃないの？」

「実子と養子は、結婚を禁じられていないからね。圭と麻奈は、結婚が出来ないけれど。鈴葉と麻奈は、結婚が出来るらしいんだ」

「何で、知っているの？」

三人とも揃って、僕を真っ直ぐ見つめていた。僕は、微笑んだ。

「予定調和さ。鈴葉を我が子として迎え入れる時から、少なからず想像したことのある未来のうちの一つだったから、かな」

大きく深い溜め息を吐いて、鈴葉は茶碗を呷った。娘さんを下さい、のような挨拶を、親子として共に過ごしてきた僕にするだけでも、鈴葉は緊張していたのかもしれない。

「世界は広く、永い歴史を持っているものだから。奇異に想える僕ら家族と似通った物語が、多からずもあるのだろうけれど。奇異は奇異だし、複雑は複雑だよね」

寿司桶の蓋を取り払って、麻奈は、皿や醤油、割り箸を配ってくれた。どのネタにもよくのった脂が、艶めき香り立っていた。

今まで歩き続けてきた道のりの総てが、今という佳き瞬間に収斂されているのならば、まさしく寿司は、予定調和を象徴し、僕らの独善ではなかったことを明かしてくれているように感じられてやまなかった。

レースのカーテンから沁み込んでくる陽射しの向こうに見える一本の樹で、小鳥が羽を休めているようだった。

僕は、立ち上がり窓辺へと歩いた。黄色い胸の毛が印象的な小鳥は、幾度か首を左右に小さく振り回してから、どこか遠くへ飛び去っていった。小鳥が枝を離れる寸前、僕は彼女と視線が重なったように感じた。

初孫は、女の子かもしれない。

座っていた椅子へと戻り、腰を掛けてから僕は、四つの茶碗に改めてお茶を注ぎ満たした。胸の前あたりに掲げ、三人へと順に視線を送った。

「佳き日に、乾杯」

「乾杯」

「お腹が空いたね」

「食べよ、食べよ」

僕が最初に箸で抓み取ったのは、滴るほど脂がのった、極上のサーモンだった。

黙々と寿司を食べ進めるだけの時間が、幾らか続いた後、僕は箸を置いた。

「また、登ろうと思っているんだ」

「登るって、あの山に？」

「独りで？」

「たとえ独りでも、僕は登るつもりだよ」

子らもまた、箸を置いて、考え込んでいるようだった。

「無理強いをするつもりは無いよ。僕は、裕奈にまた会いたいだけだからね」

「会いたいって」

「面影に触れる、ということかな」

「なんか、相変わらず凄いね」

「何がだい？」

「凄く、愛しているんだな、って」

微笑んで見せてから僕は、いくらの軍艦巻きをつまみ取って、口へと運んだ。

「ヤッホー、バイバイと、川に向かって呼び掛けている子どもがいてね」

「また、唐突だね」

「鈴葉がサーモンを食べているのを見て、思い出したんだ。トイレで水を流す時も、流れゆく便か水かに、バイバイと声を掛けていてさ。彼ら彼女らは、何を見、何を想っているのだろうと、考えるほどにさ。つくづく僕も大人に染まってしまっているのだと、感じてやまなかったんだよね」

「どういうこと？」

「川やトイレの水、糞尿が、生き物ではないと考えていたけれど。そもそも、生き物という括り自体が、大人の作り出した概念なのだと、彼ら彼女らは、気付かせてくれたんだ」

「子どもにとっては、川も生き物？」

「はたして、生き物とは何だろう。川は、身の内に何か別の類の生き物を宿し、常に動き続けている。心臓一つで、僕が僕であることを明かさないように。プランクトン一匹が、川を川たらしめはしないだろう。しかし、一般的に川は、生き物であると規定されることがない。僕と川とでは、何が違うのかな」

三人は、めいめいに選んだネタを嚙み締めながら、低く唸ったり、眼を天井に向けてみたり、考えてくれているようだった。


「お父さん、どんな仕事でも楽しめそう」

「川と人との違いとか、発想が無かったな」

「何か、目の付け所が文学部っぽいよね」

「ロマンティストなのよね、お父さんって」

「お母さんと二人の時とかも、そういう話ばかりしていたの？」

「感傷に浸るのが、性分なのだろうかね」

「知的というか、小説のような話だな」

「二人だけの世界が、しっかりと今でも、お父さんの中ではありそうな感じ」

僕は、口に運んだ雲丹を嚙みしめながら、かつて彼女らに語った文句を思い出した。
人が、魚を吞み込んで、
魚は、海を吞み込んだ。
海は、川を吞み込んで、

川は、人を呑み込んだ。

言って我ながら感じていた、仄かなホラーを、おそらく彼女らは感じなかっただろうけれど。今度、物語でも書いてみようか。

僕ら五人で行った家族旅行も、ちょっとした物語になるだろうか。無数に犇めく物語たちの中で、僕らの物語が、誰かの眼に留まることはあるだろうか。かつて、老人が打ち上げた花火は、誰かの眼に留まっただろうか。

曾祖父母の仲人、祖父の親友、父の幼馴染といった具合に。僕の知らない誰かのおかげで、僕は、今を生きているのかもしれない。

今なお山奥で煙をくゆらせているかもしれない囲炉裏を、僕は想い起こした。花火は、打ち上げられているだろうか。

僕は今、迷っている。

著者プロフィール

北乃 翠波（きたの みなみ）

昭和61年7月28日生まれ。
北海道出身、北海道在住。
新潟大学人文学部卒業。
児童指導員として児童福祉職に10年従事。

家族旅行

2024年５月15日　初版第１刷発行

著　者　北乃 翠波
発行者　瓜谷 綱延
発行所　株式会社文芸社
〒160-0022　東京都新宿区新宿１－10－１
電話　03-5369-3060（代表）
03-5369-2299（販売）

印　刷　株式会社文芸社
製本所　株式会社MOTOMURA

ISBN978-4-286-25310-7